山林書籤

一位生態學家的山居記事

陳玉峯 著

〈專文推薦〉

一生植物情

王小棣

陳玉峯老師人如其名，總是仰之彌高。

他有時像巨大板塊衝撞隆起的地殼，激進昂揚；像切割大地奔流的岩漿，狂野率性；有時像亂世中聳拔峻嶺上一間孤廟裡的高僧，淡定坦然自在。

陳老師說這本書是寫他「一生與植物間的情誼和體悟」，我靜心拜讀，時而傻笑，時而嘆息，這書裡對人世不再苦口婆心、不再辛辣勸諫，只有深厚靈修，簡約行止。在字裡行間分享他走向更高之處的旅程。

他那種對大自然的款款深情，冬日看完掩卷還會隔空透暖，餘波盪漾……

（本文作者為知名編劇、導演）

《山林書籤》注

上百冊拙作在取書名時大抵隨緣如意、一揮而就，從來不像本書，要題書名時卻擱淺超過半個月。

原本這是我山居記事序列之一，就老老實實地「山居記事」不就了了？大概是商周執事慎重其事，斟酌再三，幾次探詢作者意見。

不問則已，一問，如同已故大畫家張大千先生，有天有個小女孩問他：「張爺爺，您的鬍子那麼長、那麼多，晚上睡覺時是怎麼擺放的？」本來張大師一向與他的鬍子相安無事，從未在意。經此一問，據說有好長的一段時日，睡覺時怎麼擺放都不對勁。

一片山林四、五層空間結構，萬萬草本地被、灌木、喬木、附生、寄生、藻菌數不清；每片葉子、每朵花蕾、每個果實、每株生靈如實自在，都是每個芽尖細胞兩兩分裂、生長的瞬間，伴同無窮有機、無機環境因子動態的總平衡，哪裡有無數可能性的最大公約數，就往哪兒冒。

我問任一株綠精靈你為何長得如此，每株都會一楞而停止生長、立槁而死。

山林記事是無事。

斷續山居後，自然而然探向究竟處，卻發現每刻當下、每個心識同萬象交會處盡是究竟，如假包換也無真，無所住而生心，心不知心，是伴同山林任何一絲絲徹底的唯一而生，是心不自心，因萬象相應而示現。我，也不自我，我只是展讀無窮識界中，不經意的書籤，暫時佇放在已讀、未讀、將讀的動態驛站。

再一展天書，每片時空盡是驛站，轉訊無窮、不知所終。

青少年期曾經幾次跟麻吉友人阿昌，靠在台南火車站月台欄柵上，看來去匆匆的旅客，各自鎖定一張臉，立馬編出一個故事或小小說，彼此說給彼此聽，我們在一九七〇年代寫「臉書」，寫出萬象離奇。

後來連續展讀山林天書將近半個世紀，不只從每個生靈看自己，全然不必編故事，呼吸之間都是神奇，我是山林自然書籤，鑲嵌、斜插在草葉、花瓣之間，但待朋友們信手展閱，我們究竟處的無窮性靈，從銀河星辰，普唱到地心。

我從地上撿起四片芒果的落葉、一片阿勃勒，任一生命的軌跡盡成永恆。

目錄

第一部
木屋

山居注略

人生的大部分歷程，我多以「這是我最後一天的功課」，這樣的態度在生活、在做事。年輕時，甚至以「如果這是今天可以不做的事，那麼一輩子都不必做了」鞭策自己。並不是說我能做到事事如此當下了盡，人不是機械，只是盡量如是的原則而已，但這樣的原則也有它的缺陷，我一生的撰文就是實例。

當我分分秒秒邁向「老年」（精神上我已確定沒有這種名詞），我一樣都是穩穩定定地做能做、該做的事，無論外界紛紛擾擾或山崩地裂。

多年前我曾經好一陣子在尋覓「晚年」較幽靜的居住環境，然而一來，我根本沒什麼錢；二來，台灣的地皮連番炒了太多波次了，輪不到我這種不食人間煙火的自然研究者（註：我在一九九〇年代調查過中部山區山坡地、土地買賣實況）；三來，我希望的是自然環境，大相逕庭於一般人，看得上眼的，大多位於國有林班地內，因此，我老早就放下了，毫無奢望。

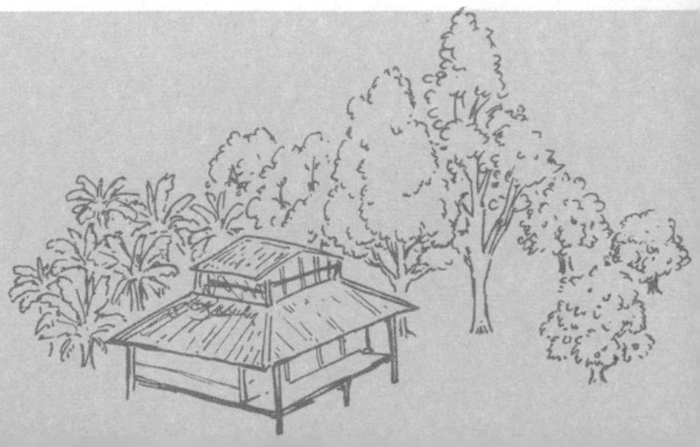

此間，我在臉書上貼出想找田園居的訊息，幾位熱心的臉友引介若干地點，但盡無緣。

二〇一九年二月十日，我前往埔里已廢校的鍾靈國小，探望老朋友林紫鈴先生，向他提起找個小小的安居處，他告訴我成功里的小木屋。

人說強摘的果實不甜，經由許多年找地已然放棄的我，心態上隨順到不經心。直到四月上旬，紫鈴來訊：

「按照民間慣例，你一旦出價，對方也答允，你就得付訂金，不能反悔！」

於是，紫鈴約好屋主阿香，四月十六日看屋談價格。事實上，全然由紫鈴意見，我毫無定見，心裡也無所謂要或不要。

由於我在三月二十一到二十四日前往隘寮北溪上游，調查稀有的溫帶落葉樹的槲樹，且自我要求一個月內完成其專書，因而四月中旬正是書寫得昏天暗地之時，不會去專注在身外物。

四月十六日前往山居木屋，會同屋主阿香及紫鈴，三言兩語定案、交付訂金的過程中，我只記得山徑上油桐的落花，以及阿香是個心地美好的人。其他的，毫無印象。

回台中後才想起，天啊！我如何去籌來對我而言的「天文鉅款」啊?!

找了多位朋友幫忙調度，而我估計，所有退休金也無能償還負債，但最後我可以將該地移轉給債權人，人生不都是借住而已，長年來自己也沒有「有」的概念啊！

四月二十五日前往簽約、付款時，正值年度春花盛期，不僅油桐依然怒放，他們斷續在路徑灑下的紅心雪白，為土地種下的浪漫，繁星般跟光斑、影塊竊竊私語，我聽到了一片片壯麗的淒美與溫柔。

蘋婆樹提著燈籠，纖細的花序，鼓鼓地伸展鮮紅的線條，紅心白花小燈籠就在先端展放。它們一團團，在新枝葉的腋下，燃放年度的祭典；樹下，枯竭的落葉，灑上盡職後的落花，人畜的足跡走過，就發出碎裂的鞭炮聲。

山黃麻的小花也正展放，而每年中秋過後，西風就會脫下它們的黃葉。季節是無調音階的交響曲，允許每一物種、每株植物演奏各自

的音聲。

庭園中的落羽杉綠得泛油；外來種的米老鼠樹（桂葉黃梅，*Ochna serrulata*），張撐著深紅的花托，果實尚未轉黑；地被的蔓花生（*Arachis duranensis*）終年吐露小黃花，同銅錢草競賽著地盤，而我第一次拍下「我的」山居——磚造木構屋。

此後，直到六月三日交屋，水池上的夏荷我才看見初開了三朵。而木屋內的概況，我還是沒有特別印象。

六月十二日，阿香傳訊天雨土石流瀉、路斷，已通知處理。六月十三日，我才稍微有點兒意識地，踏勘未來的山居，而山徑一、二處泥濘地，山貓正在推移流瀉的土石。我第一次餵食池中魚，並未久留。

六月二十日，我前往山居種樹苗；二十四日運些雜物去，雨中我凝視著庭院即景，感受此地的致遠、致靈的寧靜與天籟。

六月二十八日，我布掛〈心經圖〉，那是一位我不認識的，所謂的「黑道大哥」的筆墨，

聽說他在獄中苦練經文書法，據阿賢仔傳訊，他因曾經看了我寫的一些文章有感，書寫了這幅扇面字圖送我，在此感謝！

我也掛上來興兄畫我的油畫，而一朵荷花展顏。

六月三十日，紫鈴告知我他對山居略加改造的構想，恰好與我的感受雷同。我想此屋坐南朝北，穩定在一條虛空中的定軸，讓氣場貫通為宜，而七月七日我將書桌運到，而後坐定。

暑假初期，我也回北港老家處理祖先神主牌，且以極低價位賣掉了全然沒行情的破屋，從此，祖先靈位奉祀妙心寺。或說，我這輩子的傳統形式已然一一作最後「安頓」。

七月到九月間，除了以七天時程上玉山山塊調查之外，我三不五時往山居跑，探視一下施工狀態。而二〇一九年自梅雨以降，雨水、雨天連綿，工人叫苦連天，工程一再延宕。好不容易到了九月上旬，小小工程在紫鈴半自助的方式下，總算告一段落。

我只能說，整個山居全然由老友紫鈴幫忙搞定，我只是在朦朧中，調整自己的心識，充其量打雜、清出一批垃圾，種上絲瓜等植栽而已。另一方面，我想說既然要來此地蟄居，總不能只是坐享地利，而該有所回饋吧！因此，在我七月三十日上玉山之前，

寫了十五篇關於山居的短文，恰好商周出版總經理與總編兩位來訪，洽談書寫情事，我想就從山居開始，未嘗不是美事，然而，對在地社區的文史、自然等報告，之與自然文學、哲思面向，質性、筆法多少有所不同，目前只是有些念頭罷了，何況我對玉山山神的承諾，尚有大事工未了，最後一學期的課程也待用心。

還可以為世代、為公做點微不足道的小事，就是個人的大福報；一生走到現今，我似乎已不必「回顧」，也無「前瞻」，而做事還是存有該然的緩急先後。

但待明春的山居生活，也想想我的生涯，事事自然而然的來、去；將近半年來，在積極撰書、野調、演講、上課、公義事宜的呼吸間，多次短暫在山居的場合，左鄰廖董送來的一碗「麻薏湯」；右舍王董捎來的一把香蕉；以及漸次體會原屋主阿香的細微用心，我心滿滿感恩，而這一切，都是老朋友紫鈴的善巧幫助。

是的，山居木屋的中軸，正是銀河系的坐標。

將山居

我多次說「上山就是回家的感覺」，當現實的家要落籍在淺山時，我反而得要某種面向、某種程度的「適應」，自己了然慣習不是問題，心態上或許尚有些微掛礙吧？然而，東向入山總是喜悅，何況當我驅車蜿蜒於林間小徑，山的況味就瀰漫開來。我是在跑了幾回之後，才感受到我在成功大學五年後，銜接到成功里來，是會有微妙的感覺，怎麼又是暗寓性的巧合？

我來的地方號稱是「極限村落」，在全鎮三十三里當中，人口最少，且多高齡族群，我又在「邊埵」。直到有天夜裡我才發現，門口竟然兀立著一盞路燈，點亮了村落與荒野的邊界，嗅聞得出人間煙火，否則除了蛙鼓、蟲鳴、鳥叫之外，就只一頃綠陪同著一條溪溝，凝視著日月星辰的吐納。

這裡沒有誰遺忘誰，只是少了紛紛擾擾。

我從台中驅車前來時，一樣精準地觀察、記錄地景流年。

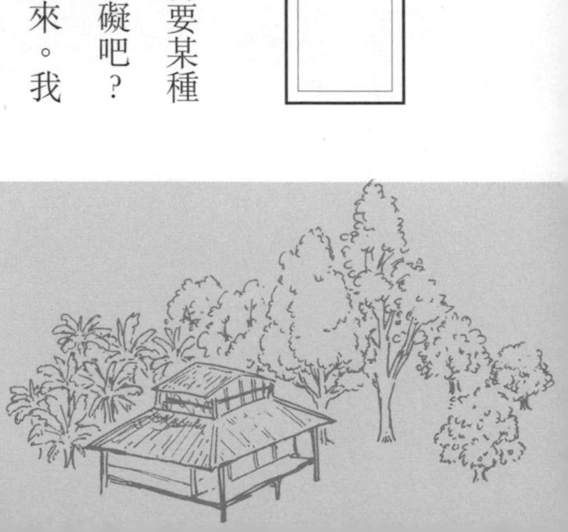

梅雨季節，山的衣裳由青綠轉墨綠，衣擺、裙角或褶縫時而蛻變不及，如同紅龍魚鱗翻身。我腦海中的動畫地圖，銘記著幾段駕駛人通常不會在乎的影像：5-8K，單面山被烏溪切割出來的砂岩千層派，美得很科學；10-10.1K的高壓電纜淩空在上；第一長隧道來回的長度不一；雨中山徑轉角處的蘋婆燈籠花，撒落在地面枯葉上的一蓆繽紛；一樹雪白，又在兩道車輪痕跡側，堆積厚層溺濕後的油桐落花，張顯深邃的聖潔，彷彿導引向華藏世界前，意識不沾不黏的幽徑，教我不自覺地停車，佇足一山空靈。「世界」是個奇怪的名詞，明明舉世無界；「人間」更弔詭，人心可有間隔而劃地自限、自囚？人文是抽象的錦繡，重重層層編織成繭而封閉。自然無天窗，十方無限。

我將窩居處，尾隨著氣候及植群大變遷，昆蟲族群的消長，一、二十年來起了劇變。先是小黑蚊（台灣鋏蠓），自約一九九〇年代開始興盛，千禧年乃至二〇一〇年代以降，遍布中台灣城鄉。

小黑蚊的幼蟲以藍綠藻、青苔為巢、為食，成蟲後據說存活約三十八天；牠們不喜歡流動的氣流，所以往往在離地一點二公尺以下活動，如今人文跟著牠們演化適應，官方說只要在二十分鐘內，附身在一個人的身體上吸血者少於二十隻，就算是「無汙染」，因為「不可能」除盡，人們已經妥協。

我對小黑蚊早已「免疫」，不甚有感。然而，對於近五、六年來大肆興起的雙疣琉璃蟻，卻不大能適應，主因是牠們的數量多到不可思議，不管我接觸到什麼植物，一堆蟻兵蟻將立時上身，牠們在皮膚上快速走動，牽起全身觸覺大連動，即使只有三、四隻，也會以為是一大群。

昆蟲專家說近五、六年來這種琉璃蟻才北伐，越過大肚溪北上苗栗等地。我不以為然，我認為百年來牠們都存在，只是近年來因應環境因子大變遷，且其族群基因可能

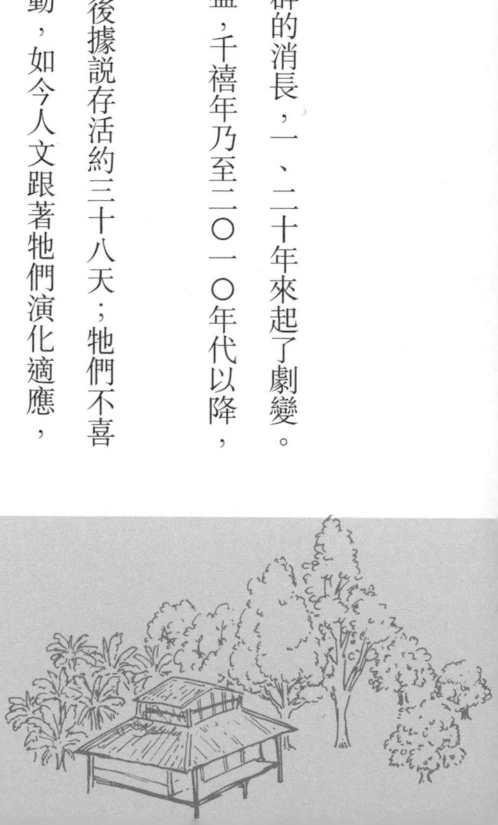

起了關鍵性的轉變，而猛爆式地大繁衍。

二〇一二年我為了演講及上課，撰寫了〈台灣氣候的世紀變遷〉，當時列舉的生物相變遷即臚列出一小項「大量昆蟲猛爆繁殖與寄生植物現象」必然司空見慣，永遠會有無可逆料的「異象」爆出。目前我估計大概還得數年期間，這段「高潮期」才會褪去，而連鎖啟動龐多生物相、食物鏈的永遠變動。

從自我中心到人本，只有加速文明終結的大趨勢，人類只是在遂行成住壞空的輪迴，歷來的超越或許只是小循環。

我將山居，居山觀十方時空。

半工

對我來說，一處居所務必要有張書桌，而後能夠坐定。

其實這也只不過是有些奢侈的慣習罷了，心念所至，我在狂風暴雨的新康山頂，還不是一筆一豎刻劃。我還能有一桌揮灑，套句俗話，已經是大福報了，沒什麼多餘的奢望。

二〇一九年六、七月間，我多次往來台中與山居處，第一件做的事，把家中陽台上鳥類播種的、我做種子發芽試驗的苗木及盆栽的小樹移植，包括樟樹、酪梨、柿子、濕地松、蘭嶼羅漢松、楝樹、龍眼、釋迦等，只因為不忍其死。

同樣的心態，雖然很不喜歡山居處既存的，一系列的外來植物種，倒也不忍心剷除他們，生機盎然的土地，自有其安排。

當我植栽挖洞時才發現，整個立地基質布滿大、小石塊，分明是崩積地形，原來的地層可能在很深的地下。如果我要栽種一、二畦菜圃，得像隘寮北溪原住民農作的第

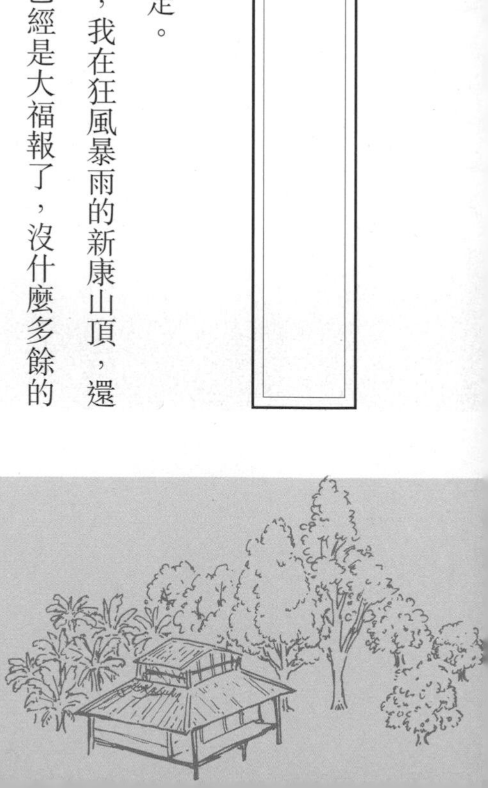

一步驟，挖出數不清的石塊而鬆軟地土吧？記得一、二次前往屏東田園作家陳冠學先生（已故）的家園，我懷疑他的筆遠比鋤頭輕太多了，他的園根本就是廢耕地。我呢？不必朋友嘲笑，我先自行反諷，不過，我有一種本事，一分一寸地耙犁，如同滴水穿石。凡是以生命忠實刻劃的，金屬石礫也可成為沃土。

我有層層蛻變的感覺，我不是走向晚年，而是邁向新生。我過往的觀念、心態、思維方式，如同春天的融雪，化為潺潺流水，滲入根系的空隙，輝映久別重逢的星辰點點。

然而，我不只是要清除六十六年前塵的沉積，還得重整老木屋前人堆聚的廢棄物，我初估沒有半年釐不出一片本然；我光是整理一坪大前居住

者堆聚的碗盤雜物等，該回收、再利用、一般垃圾，以及遲疑在丟與不丟間的思考與不思考，就被小黑蚊叮了近百個紅點。還好的是，同時也延請工人，進行全屋氣場的大打通，拆掉一面牆，改置鋁門落地窗，以及補漏等小工程。

地球上各種生物的築巢工夫與時程天差地別，黑猩猩每天換巢位，自然無法太講究；我是靠藉數不清的，社會各種分工合作、交換龐雜物件而來，說築巢，我徹底使不上實質一分力。如同自從我自己煮飯菜以來，餐廳手藝差了些我也不會抱怨，只打從心底升起一份誠摯的感恩，何況修補老屋。

當人類社會將一切分工合作化約為金錢交易後，人們逐步喪失漫長時空交互作用而來的善良、美感，以及最底層的和諧。不只這樣，人們變得易於重視自己的專長，卻漠視必須靠藉直接人力的，了不起的奉獻。百工不只是百工，而是生命力道最可貴的藝術，從人心直接到生活實用物的示現，而物不再只是物，也會若隱若現，映示製造者在製造流程的心境或人格。

我收拾、清理著前人的物品，一些嶄新或都沒使用過的東西，有點像是逃難或無暇檢視？想起幾十年前演講常在提醒別人及自己的話：「一個人通常只有在搬家時，才

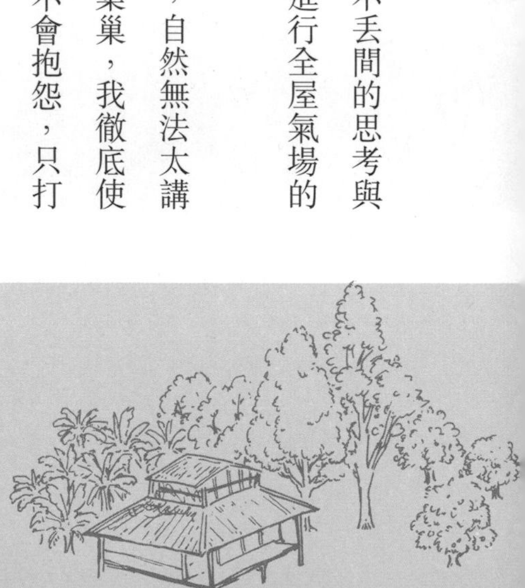

知道自己造了多少孽！現今台灣人平均使用的物質、資源或能源當量，足以養活三千個原始時代的人。想一下，生活中大部分的物質都不是必要的，我們常常以不見得實在的擁有，呈現內在的空虛……」，而迄今，我何嘗不也浪費不貲？古典台灣人死後做法事，有「求懺」儀軌，不也太慢了些？所謂藉環保之名，台灣人生產的垃圾更是恐怖，真實的節約，先求健全的心靈覺知、價值觀系統從小養成才是啊，偏偏我們數十年來儘在表象著力，而愈使力浪費愈多，真是不堪！

偏遠地區的施工有一搭、沒一搭，工作一會兒即聊天作暇、喝茶，鄉人路過也會過來湊一腳，大抵只是螞蟻式地相互致意，所以我也零星得知各方面該找誰人幫忙，而戶政登錄戶口者約三百二十人，實際居住的，大概百人多個零頭。

腹斑蛙初鳴的時分，鋁門窗師傅走人；路燈亮起後，電路師匠才因看不清楚了而離開。全球地理圈人的勤奮程度，差距從東邊到西邊，熱帶雨林的原住民過午不作。而我呢？是否也該入鄉隨俗，畢竟逼近黃昏的色溫，自非日正當中？

一株台灣五葉松

蓮池旁、小土丘上，兀植著一株台灣五葉松，它把平直的前庭，增添了曲折，拉寬視野的深度；原屋主阿香煞費苦心營造，從木、石、磚、瓦、牆、步道、草皮、花木、魚池荷塘、菜圃藤架、烤肉座、搖椅、欄條等等，完全未提及紅磚木構屋，還有內部細微的陳設，就已銘刻當年阿香是如何地布局場域！

人們在用心專情於一些相關於己身環境的美感，或心念與周遭場域的聯通互動時，心念本身就是美妙的音符，而且每個音符會自行找伴，聯結成歌。而我相信萬籟的和弦，存有無窮不盡的組合流變，我喜歡天之籟。

所以，阿香為了讓前庭的台灣五葉松具足塔狀的層次感，在許多枝條上綁繫大小石塊，好讓枝葉平展分層。我素以天然植群為伍，喜歡該怎麼長，就讓它怎麼長。所以我一來，就立即解放它們。

就我全台植群調查經驗，台灣五葉松天然純林群落，唯一孑遺於阿里山林場北格，

從鹿屈山前峯以迄杉林溪的，南北縱走的瘦稜上，狹長的一帶。它們在天然岩稜間隙的生長，株株筆直挺立、風骨英氣逼人；相對的，台灣本土松樹最廣受人為栽植，從盆栽到庭園造景，簡直泛濫的台灣五葉松，感覺上就一副嬌弱，不禁風態，甚至於山居中庭這株，我還久久不敢相認。

朋友知道我所有微薄的退休金都投入了山居，還借貸了大半，竟然腦筋歪轉到這株台灣五葉松：

「喔！你這株，如果是幾年前正夯時來賣，五十萬跑不掉；現在嘛疲軟，至少嘛也有三十萬的實力！要不要我幫你問看看市場……」

對我來說，生平第一遭比焚琴煮鶴還嚴重！賣庭園樹來拚經濟？相較於賣血、賣腎如何？

朋友為說服我還說：「這株五葉松一挖走，我馬上給你補植賤價得要死的苦楝樹，樹不用錢，只花個運搬費，春花幽香冬落葉，多麼詩情畫意啊！」

我只能苦笑地瞪朋友一眼。

認識太久遠的朋友，在價值觀面向有時候反而難溝通，「近廟欺神」啊！對很多人而言，一株樹木只是一個東西、一個「物」體。植「物」、動「物」大多可食、可殺、可賣、可棄？用在人「物」卻是立轉成VIP？

生平首度對植物生命的嚴肅看待，發生在大四那年，地點在南仁山。當時正在規劃、調查我國第一座國家公園預定地的維管束植物資源及植被。我第一次看見稀有的灰莉，正開著白色的花朵。依採集者的慣性，我枝剪立即撥開卡榫，準備一剪解決它。

然而，在剪下的瞬間前自問：

「憑什麼我可以決定上帝在做的事，定其生或死？」

我當時告慰自己種種可以剪下這段花枝的，富麗堂皇的理由，但是，始終回答不了一個人如何可以決定一個、一段生命的生或死！雖然最後我還是剪下了它（註：我每次演講到這句話，總是引發哄堂大笑，很奇怪的廉價「笑話」！），可是回來後，這個問題縈繞幾天成夢魘。一個星期間，我訂出了採集倫理：

（要求自己與學生）

1 稀有不採（只拍攝、描述）。

2 單株不採（特定面積範圍內，例如100×100平方公尺）。

3 採集時確保植物體可繼續存活（通常都可以）。

4 採下的株條必有用，或製成永久標本，儘可能不得棄置。

事實上這是非常難做到徹底的要求，也是自然倫理的難題。除了綠色自營植物之外，絕大部分的生命都靠藉殺生而存活。吃素還是殺生（註：我上課時，多從生命的演化談起，而且，西方是到了十八世紀後，由於顯微鏡、細胞學的知識之後，總算完全確定植物是「有生命」的！），全球最徹底實踐不殺生的信德，大概以耆那教為最，該教最後的修行是絕食而死。而儒教最阿Q：君子遠庖廚！

我的觀念並非消極的無為，而是我了然植物社會極其複雜的動態演替。我「看見」一般人「看不見」的，有形、無形的交互關係網，而且牽涉到終極群落的極相（Climax）的，不可思議的天文、地文、生文及人文的，形下及形上的聯動。

我是合該坐化！

家園

車行乾溪旁原野，看著大花咸豐草盛花間的彩蝶翩翩，然後，一隻黃蝶就飛進開窗的車內伴行，似乎不只愉悅可形容。牠飛越了古代與現今、莽野與文明的，無形的銅牆鐵壁；牠穿過了現實與夢境從來沒有隔離的帷幕。

輕颱丹娜絲與東台擦身北溯，它的裙帶外圍，為中西部的蒼穹塗抹著化不開的雲與霧，直到傍晚，才下起了大大小小的雨陣。

今天我懶得工作。打開落地窗，數落著荷葉上滑動的水珠，聽著貢德氏赤蛙的鳴鼓，還有數不清的鳥叫，而每株樹木一樣禪定，無論風雨或烈日，也任憑飛羽、蟬蟲叫囂，它們恆定著十方優雅，隨順搖擺。

為自己下了水餃、絲瓜，微波了一盤多是骨頭的鴨肉，也斟上小杯二十一年的威士忌，沾著淌開的落地窗外的濛濛霧雨，記憶中似乎第一次，毫不用心地吃著晚餐。真難得就只吃飯。

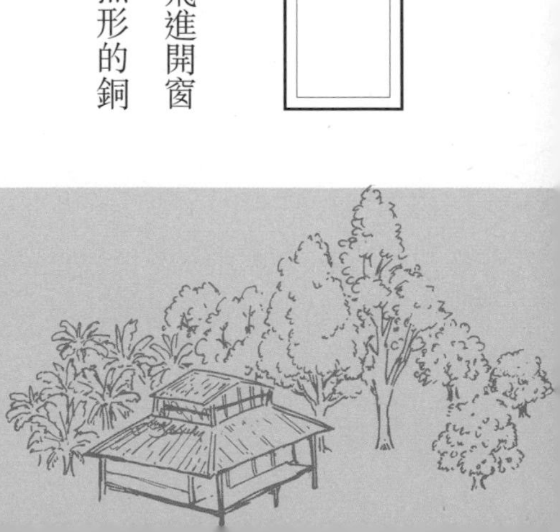

一輩子不知什麼叫「清福」、「享受」，然而，走過千山萬水，我瞭解動中之靜，雜念紛飛中的止息。幸福不是比較級，而是內、外在的和諧，不管忙碌與否。

腹斑蛙與貢德氏赤蛙逕自鳴叫各自的調，我們彼此沒有主、客，我也不知是「我家」或「他家」，這是亙古以來萬物、萬象從未切割的共同家園。

我沒預設，無有安排，我不知道如何規劃或設計。

我只循著須要什麼生活的細節，就安排眼前的一小步驟。我知道將來我又會循著足跡，舖陳老天爺交付我的，沒有該不該然的意象轉化。

河溝溪床畔，隨著一段時程之後，甜根子草的走莖就會沿著沙土流竄，上長人高或以上的禾本長葉，中秋前後，則舖上白茫茫的花果穗搖曳，數大生姿。然而，若是豪大雨洪峯水位飆漲，水流挾帶土石砂礫狂流切割，則甜根子草稈無不倒伏拔失，有時，全面根莖系全數淘盡，它們從來也逢機再生、反覆輪迴草間道。它們是植物社會中的，無常的有常，有常的無常，是為意識的非常與非無常，只是自然。

◉ 專注的無心

儘管演化有憑有據、邏輯相對完滿的理論、敍述等等，既有系統化的，人類在靈長類演化樹的分歧點，以及各種組織系統的發生，乃至於文化面向，諸多什麼舊石器、新石器、銅器、鐵器、工業時代等等，大階段的劃分很完備，然而，就我而言，人類最大的躍進，是從無限迷惘、探索之中，察覺出他可以意識到他那個意識的主體本尊。人類直到這個階段，神、造物主的概念才算完整。

然而，到了現代，正進入所有歷史概念的大瓦解時期；第三次世界大戰早已展開，神及意識主體也將隨之顛覆。

農業時代的古人，愈往赤道接近的地區，有機物質的生產及循環愈旺盛，人們只消少量的活動即可存活，相對地，多出了許多冥思內溯的機會，也許如此，溫帶遊牧文化的雅利安人（原始印歐民族）到了南亞五河流域以降，在原民文化及環境的作用下，孕育了古老的瑜伽（Yoga，連結、統合、內外形上及形下的總合一），助長了許多宗教、哲學的發展。

我在山居的第一個夜晚，種種環境因子的交融，教我感受到沒有心念的專注。我不想朝禪或任何古人宗教術語方面作聯結，只純直覺地認為沒有必要。我過往一大堆所謂的「愛深責切」或環境運動橫逆大困境時，包括焚身的意志，如今了然有其當時的

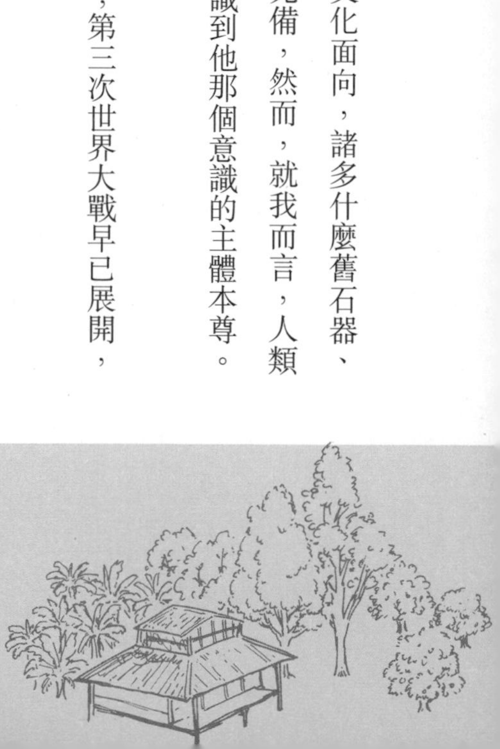

必要，但當時是情感的純意志。有可能有過滄海桑田，如今反而更能敏銳地感知總體氛圍的大勢，更能導人於無形。所以，我現在處於沒有心念的專注，而專注只是一個形容詞，可能並不適切。

我了然，好像是種超越幸福感的幸福，沒有掛礙的自然。我凝視著一草一木、一磚一瓦，也從許多廢棄物，讀出了人心的運作，場景的再現。我發訊給前屋主阿香，希望找個機緣口訪她。

我從北港老家、台中家，以及山居前人使用過的，不下百來個杯杯盤盤、茶具等，無心地挑出最後的兩只大小茶壺，泡茶時才發現，一個是我前往美國演講時，一位「雪香」送給我的；一個高壺則是原屋主「春香」遺留的。兩個使用起來都笨重、溢水。有趣。

一類舒坦，教人沒有時間感，更乏人們習於歌頌的種種「美好」。

無心的專注，專注的無心，是我自然的「怡家（瑜伽）」。

日落時和諧永無止境

◉歸依

親愛的朋友，我已經走進山區生活，沒有一般所謂的退不退隱，只是人生階段的一轉換。

畢竟我大約以半個世紀的時程，浸淫在台灣山林的唯理與唯情面，現在想要在餘生裡，將活著的若干況味反芻一番。

我知道文明歷史迄今，我最可能是空前的山林之子。說唯理，是因為一輩子以書撰台灣自然史為志業，自然的一草一木對我輩而言，是硬要在上帝的奇蹟中找答案；偏偏我就是無法視植物為芻狗，相反的，每株綠色生命，都是我的血緣近親。人們太熟悉人類的語言，忽視自然界數不清的濃情蜜語、無言至愛，因而稱呼植「物」，但我熟稔它們澎湃的空靈心聲，特別是發展到演替後期的原始森林，那是地母極致的道場。

上帝之所以是上帝的替身，開演著洪荒創世以來最曼妙的密碼，我的唯理詮釋說不

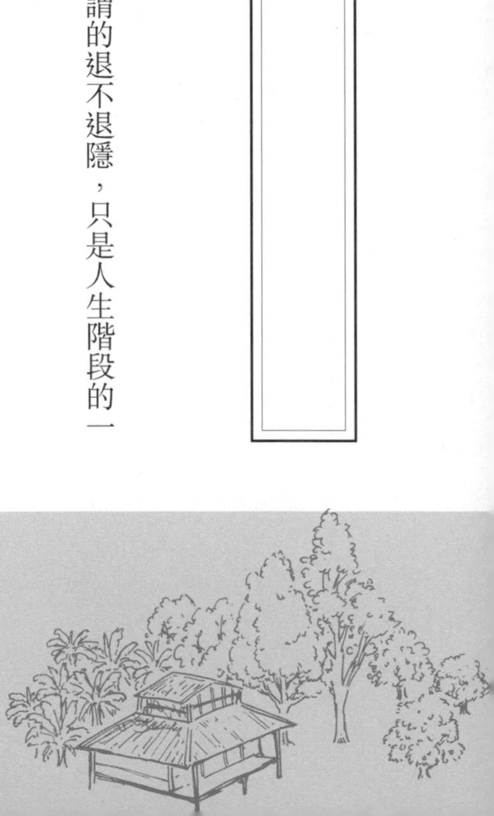

出它的內涵的億萬分之一，卻足以讓我在森林運動的過程中，一度在絕望或最大激情之際，為它們殉身。這也就是我與山林的唯情面，我必須在餘生，轉譯出人類在此面向的新紀元。

我想像你是我的至親好友，向你傾訴，否則我不可能落筆，我只須在山林中圓寂。我想像你願意傾聽我的心跳，無論你是否明白我纖細、卑下的傾訴，只是一堆諸神遺忘的十字，抑或是宇宙最後的遺產。

二〇二〇年元月十四日，我依古董戶籍法的象徵意義，儀式或宣示性地，從老家遷移到山居從屬地。我也領回設籍地初編的嶄新門牌，黏釘在簡陋的木柱上。我不是「宣示主權」，而是一種自我歸依。光這些體制的行政事務，花了不少的時間。

然而前此，我已費時半年，斷續地打點山居的一切。我的後人生階段也自此開始。

◉ 購竹

第一天午后，我沿著溪邊去取竹材。

除了曬衣物的竹竿使用之外，我得思考山居還得補東補西。闊葉樹材與竹子的調性差別太大，而我之所以放棄原本舊主人遺留下來的三管長長的鋼管，大概是因為衣服是穿在身上的，洗滌後不想穿在冰冷的金屬上，而適合晾曬在有「體感溫度」的竹材。另一方面，台灣人傳統的就地取材之外，竹竿潔淨通直，又有淡淡的幽香，晾在竹竿上，兩類毛孔可以對話。溪畔我選好翠竹稈，徑寬得適中。

我鋸下三根，以鐮刀由下往上砍除節間上的側枝。如果我由上往下切除，雖然容易整齊俐落地除去，卻往往連帶地削掉節間長長的竹稈皮，損其完整性與美感、光滑。

不知栽竹的主人是誰，我依古人慣例，以袋子裝上鈔票，加上一小紙條，寫下「鋸竹三稈」，留下費用。如果主人認為不夠，請來電告知，我必將奉上。

我拖著長長的，帶著細枝尾的竹稈，一步一重量，一步一質感。

回到山居後，量取適合曬衣處的長度裁切、上架。

我想，書寫是心象、意識在生活的諸多細節、內容，應現、投射出另一世界的鏡面。活著就是兩個世界的合一。

◉對話

我萬萬沒想到，山居第一夜，我竟然夢見一九八〇年代，一齊在高山上調查、工作的拉·乎以（江丁祥）。我們在山下一處路邊攤用餐，拉·乎以舉杯烈酒，同我乾盡。

告別時我們擁抱，失聲痛哭。

醒來時，我知道拉．乎以已經走進另一個世界。

幾年前我去看他，他不跟任何人對話，常常望向深山。

如今，他在屬靈的聖山世界，而我在另一鏡面，我會將兩個世界的對話歌詠而出。

思維掉落的胎毛

●紅塵與草根

動或靜，吵鬧或安詳，好或壞，一切的二元論，徹底是概念或形式理性把事實的絕大部分光譜蒙蔽之後，才可能得出的心盲。弔詭的是，二元論創造了現今的文明，也將送終文明。而人們拚命微分二元論，用以降低二元論危害的程度。

我來山居，告訴朋友，這裡安靜得出奇。事實上，只是沒有頻繁的人造噪音，從聲波的一堆極端，換成農林及自然的頻率或波段而已。

不只聲浪，光波也一樣。

每天暗夜，只要我望向東北方向，從黑麻麻的山稜向上，老是衝出一片詭異的暗紅，那處方向，我推測是北埔里的光害之所致，教我領會了為什麼人群群聚處叫做十丈紅塵，真的是紅塵啊！

朋友傳來他對「草根」一詞的質疑，為什麼都會人們不叫草根，或如何認定草根？

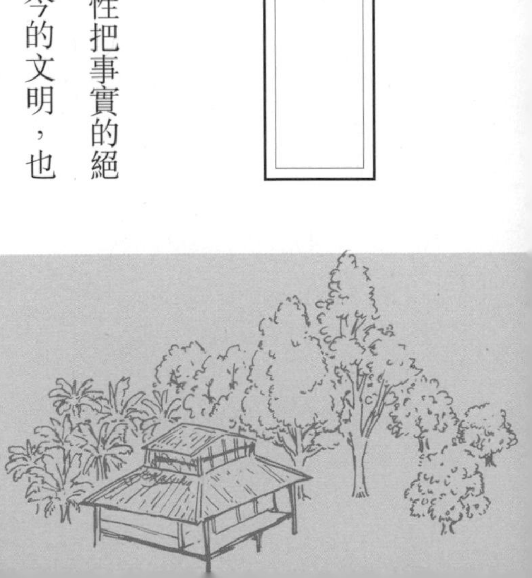

我回他：開始質疑草根，分門別類界說、比較、論述的人，最可能不斷遠離草根，再怎麼現代化、人造化的都會環境，多會有路邊雜草、屋頂植物。

從概念的始源頭，基本上草根就是整體論的示現者，不只在土地認同，或在思維向度的綿長聯結，如同古代原住民的感受、向度，渾然一體，很難分別，而壓根兒他就是任由意識流自由馳騁，而不會區辨。相對的，二元論、分別識愈是「用心」，也就愈是拔根。

概念如是。紅塵多草根，不在形式。

●掃地

地是不用掃的，自然營力遍布萬象、萬法，從沒須要掃除。

可是我在山居第二天卻掃起地來。

庭前的水泥路面散布著落葉、菸盒、塑膠瓶，經年累月。

輪流交替的山風與谷風，流向萬端，如同我的目光，每看清楚一個目標，我就丟失視野絕大部分的影像，思考也同樣。而風從來不然。

風是全視力，幻化為無窮絕不絮亂的亂流，人們始終改不了視線的慣性，故謂之「亂流」，然而，流動、推擠、前送後推的流風知道，該把哪些塵沙、微粒堆放在哪裡。所以，水泥路面上停駐的人造垃圾邊，開始累聚土砂、落葉及草籽，也開始萌長次生植物。我們一向被教導成「整潔乾淨」，所以「打掃乾淨」後，我們有種快感或滿足感，我一樣俗。

儘管我在掃除水泥地面風力、水力及植物的布局，其實有種不忍之心，也就是老是陷植物於車輪劫，長了又死、死了又長，我只是把它們掃向旁側泥土處，而撿起人造汙染物。既掃了自家門前，左右鄰居的部分也就自然延展。

我明白掃地必然輪迴，該掃的是心性的慣習。通常人得掃了一生將屆盡頭處，才知道無地可掃。我知道無塵可掃，我一樣掃著。

親愛的朋友，我們還是自相矛盾地輪迴。這是人性抗議理性霸道的一種方式、途徑或出口。所有生命都在未充分意識到輪迴中輪迴，只有人類充分意識到輪迴而輪迴，是即苦海。找尋生命的意義當然是輪迴中的輪迴。

至於前世、今生、來世的靈魂的轉世，或之類的，則是大騙局、大想像。

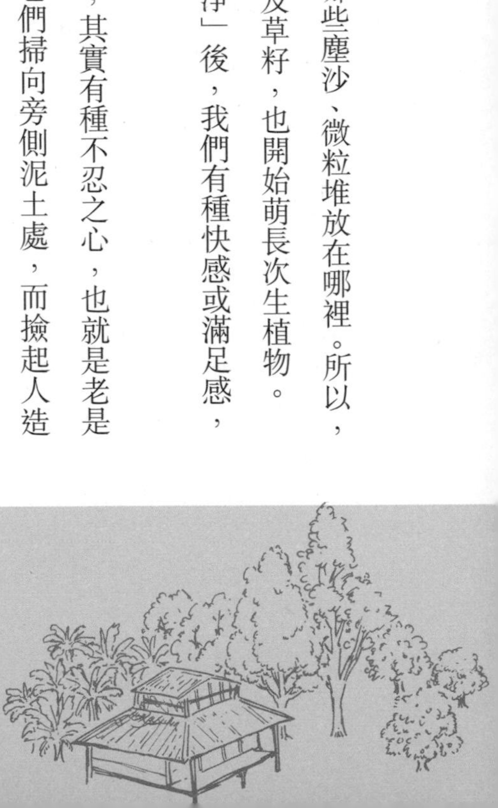

廢墟徹夜未眠

◉活水與死水

我入住山居是早冬，第二天即遭遇停水。

於是我查溯著水管通路找源頭。說是溯源，我明白只是找出無數有形、無形的大、小循環中，小小的一環節，差不多等同於家庭中的水龍頭，到水錶及總開關，這麼一小段的水流管線，絲毫都不算是溯源。

這段短路的水，是被囚禁的，失卻元氣的，沉睡或昏迷的水；水管中的水不是活水，大、小植物都告訴我，自來水管澆出的水，都必須經過空氣、土壤中龐多精靈的急救後復甦，才能被根毛所吸收、交換數不清的，帶正負電荷的活體水，而且，根毛表面上只依滲透壓作調整，其實還有極其複雜的電荷交換、協調或中和。

科學語言講的是物性與理性的、原則性的一部分；生命語言則涵蓋全部，且大部分無法以理性說出。

我檢視著大大小小、縱貫交錯的塑膠管路，追溯到地下水井、電源開關、儲水筒及大型貯水池，卻找不到古老的，山區人過往常見的，以竹管或半邊竹管，上上下下、層層跳疊的接水方式，可以聽見水流清唱、水精靈嬉戲的場景。現代人太懶了，只想打深井、接電源，「一勞永逸」。

當人們將生活與自然的聯通管道一一剪斷之後，所謂的方便，就一一阻塞心識的毛孔，關閉我們跟神靈、精靈的天眼相通，我們所謂的放鬆、放下，其實只讓我們更加的自以為是，於是，諸如「休息，是為了走更長遠的路」之類的假話就不斷滋生。貼近自然的生活是隨時聯結萬象，從不休息、如同心跳，一張是作工、一縮是休息。修行人說的「止息」，只是心念如心跳，不必休息，也依韻律隨時休息、隨時作工。

◉藤編

隨著找水源的路上，我順道觀看我鄰居的鄰居，一座

短短六、七年即因無人居住而倒塌的房舍。

過往數十年常聽聞許多人嚮往田園生活，而且好不容易付諸實踐，搬遷到遠離城市繁囂的偏鄉。然而，隔不了多久，就以「生活機能」、「就醫不便」等，一簍筐的理由重回「人間」，證明了想像比較美麗。

屋舍倒塌並不吸引人，招惹我的是一片山葛舖地。

一開始我覺得怪異的是，這片山葛未免偷懶，藤本就該有藤本的樣子，怎可橫躺直舖，活像曬花生？

一踏進廢墟，立即察覺到是我誤會了山葛，因為地面上除了倒伏著許多象草的枯稈之外，是平坦的。原來是水泥地面，且少有空隙，所以雜草很難立足，而山葛則以因緣際會，縱橫鋪陳入據，寫下了秩序的天書，可惜我錯過了它們在二〇一九年秋花的大合唱。

花果季常是植物戀情的盛典，昆蟲動物多會參與盛

會。它（牠）們在這樣的祭典交換禮物，一株、一片、一團團異地傳唱，如波如浪，歲月的精靈就這樣上下滾動，走出了一條條的魚尾紋，好讓淚珠流浪。

廢墟之所以美，在於自然的腳步走出失序與秩序的足跡鮮明，足以讓人情的感傷塗抹生機，斑駁滄桑與旺盛生意並存。

人們習於歌頌風光的歲月，忘了聚焦的前提是遺忘真實。真實是連續光譜。

第二部 特寫

山棕

陽光溫暖
山棕兩手一攤　上下搖扇　於是
手掌伸出百指怒放林下　隨風
唸歌吟唱
世間、林間的有常與無常
手機有一張無盡藏

白袍子

彷同初戀，我在一九七〇年代下半葉開始學習植物辨識時，白袍子就是老情人。台北市的地形狀似個大碗公，台大位於碗底邊緣；每每我從學校出發，摸索著碗壁上群芳譜的時日，特別是東北季風初起，山坡上的白袍子族群，頻頻翻動起葉背的白浪，一波波的連綿傳導，非關美、醜，只是叫著：我在這裡！我在這裡！

多數植物是在開花時節，展示它們在大地的版圖，而白袍子不必愛情激素，只消一陣風吹過，飄飄白袍翻滾，直接註冊。它可以如此瀟灑，取決於它具有長長的葉柄、柔韌的細長枝條，隨時可以搖曳生姿。

它的美，在於動、靜之間。

搖曳之為美，在於處處為他人設想，預留給其他物種生機。

所謂的次生喬木，亦即原始森林被破壞或瓦解之後，大地重建所派出的第一波樹木尖兵。它們生長迅速，很快地撐起一片天，捍衛大地。然而，樹木長高、枝葉茂盛之後，

盤佔了該地的大部分直射陽光，左右該地未來物種的萌發及成長，而先驅樹種往往以各種策略，分享陽光下透，例如構樹採取樹葉多凹刻、下透光斑；山黃麻通常以單層或少數層次的枝葉透光；而白袍子則不時透過陣風搖晃，分享陽光！

這是為什麼我歌頌許多次生樹種是「道德樹」的原因之一。

日本人在台灣的記錄，花蓮港曾經的林田山溫泉區的一株白袍子，九年生時，樹高四．七二公尺，胸徑十三．五公分；南投蓮花池地區，二十二年生時，樹高十六．五公尺，胸徑十八．六公分。

或說，事實上它的生長速率變異可能很大，而且有可能十年生之前快速，之後即緩慢下來，依我的經驗，野外很少看到大樹，它們的樹齡可能都不高；生命存在的價值，頻常在人為概念的判斷之上，我相信還有更高的旨趣，不是神職人員口中的理由；生命也並非存在即意義，而是在其存在期間，是否盡了他同其他生命、環境之間的連結關係。太初以來，沒有生命是孤獨的。

學生時代的我，心想自然的研究是先有客觀實物的主體，人是想瞭解造化的旨趣而去研究，是先有事實，而後有因之而來的概念、解釋、假說或理論，絕對不是拿些人為理論去套在客觀的事實之上。奈何失掉民族自信心的台灣人（其實不是台灣人！），就連研究也政治、更神話，只想套外來理論的人居多。

我大概是理解了二十世紀西方的存在主義，我相信台灣的自然實體，所以我在頭庭里石壁坑的一座小山，從山頂下走溪谷，記錄白袍子與山黃麻的分布，從而確定白袍子是分布在山的中、上坡段；山黃麻是中、下坡段，或者總體環境因子加成後相當的時空要件，從而做出了北台低山次生林的典型剖面圖。

後來數十年在全台灣各地的調查，我才瞭解，白袍子存在的要件是大氣的濕潤度要充分，土壤卻不能太潮濕的次生環境，北台的低山恰好是它們的最佳生育地，以致於最繁盛。

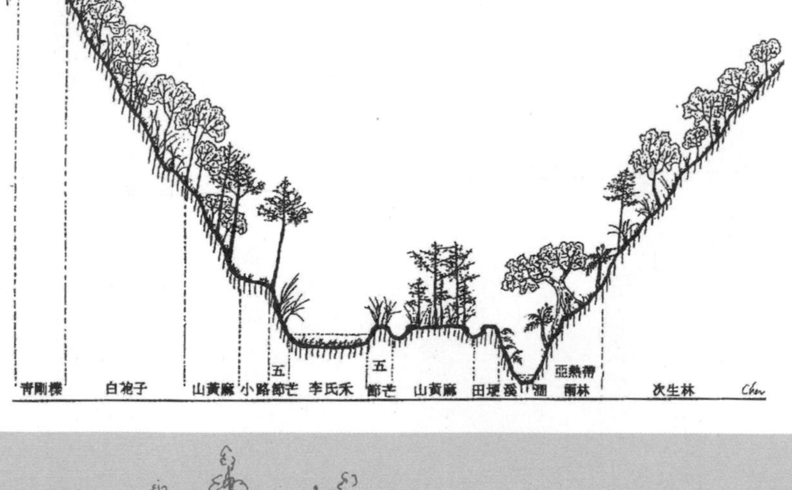

西南半壁的乾旱型生育地，白袍子得以興盛的地盤受囿限。一般植物介紹都說白袍子「分布全島山麓、平地，至海拔約一千公尺處」，其實是沒意義的說辭。

就中部地區而言，面海第一道主山稜西向地區，白袍子是難以存在的，低山群也必須是大氣濕潤度足夠，白袍子才能興盛。以國道六號沿線為例，在過了國姓一號隧道之後的埔里山區，大氣濕度可能雷同於北台氣候區，白袍子次生林遂應運而生。

我在南投68線上所見，低山最普遍的次生喬木，白袍子異軍突起，到處可見，而且，它們與山黃麻的空間分布關係大抵同於北部。

二〇一九年九月，埔里地區的白袍子盛花，一直燃放到十月中旬，整個空氣中瀰漫著它們淡淡的幽

香，而滿地不起眼的落花，伴同著少量皺縮縮的落葉，走在這樣的山徑上，正是秋聲。它們似乎改寫了過往的花期，或說，歷來把花期寫成春天者都抄錯了。

我和白袍子相識四十餘年，卻始終未曾貼心地去感受它，甚至只是隔空同它精神戀而已，或許該是親近它的時候了。因此，在此先為它「正名」，「白袍」取義於它葉背翻轉的意象，不該寫成「匏」瓜的「匏」字！我也相信白袍子在台灣各地已有多元的族群演化，東台及屏東隘寮北溪上游，已發展出「台東白袍子」，是否因應岩生或旱地的關係而來，抑或最後一次大冰期來到台灣的地域分化，我都無知。

台灣至今沒有〈白袍子〉之歌，所以它自己風度翩翩地在空中寫詩。

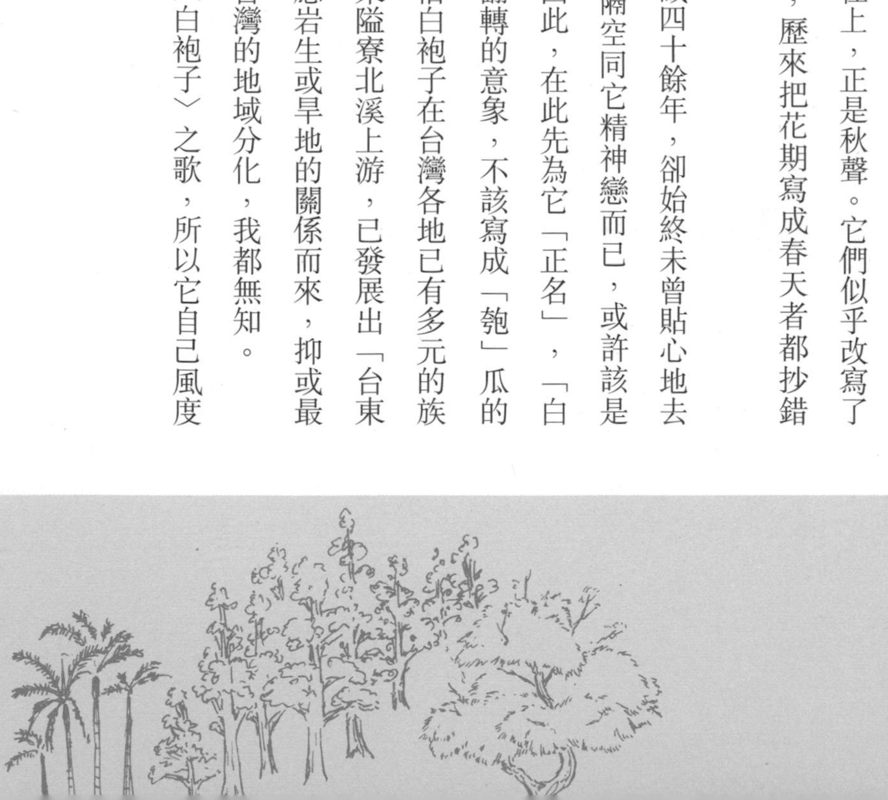

菁芳草的黏功

一直擱著、一直擱著，不知不敢或不想明說或碰觸，菁芳草的美感真的吹彈可破，所以我下不了筆。

今天，我再度走向沒有菜的菜圃，被滿滿的菁芳草所盤佔。

我是忍了好長的一段時日，終於狠下心來清除菜圃上的菁芳草，因為我種植的一批白菜、青梗菜，全數被菁芳草所消滅，而它又是那麼楚楚可憐樣，小小的圓卵形對生葉，不只討喜，當水分無虞時，它噴掃眼底的綠，勾魂攝魄；夢幻般的綠，沁入骨髓，以致於我都儘量不置足跡。

可是當我狠狠地清除時，柔弱的草軀頓成繩索般地頑強，它們死纏著地母，彷彿我拉扯的是土地的臍帶。我拔到手軟與心虛。

除非我翻土，挑除掉潛伏土中的植枝，否則不出一個月，它們一樣綠得美豔。我不是不知道一般種菜的方式，我只是不想吃脆弱多病的蔬菜，否則市場上買。既然自己

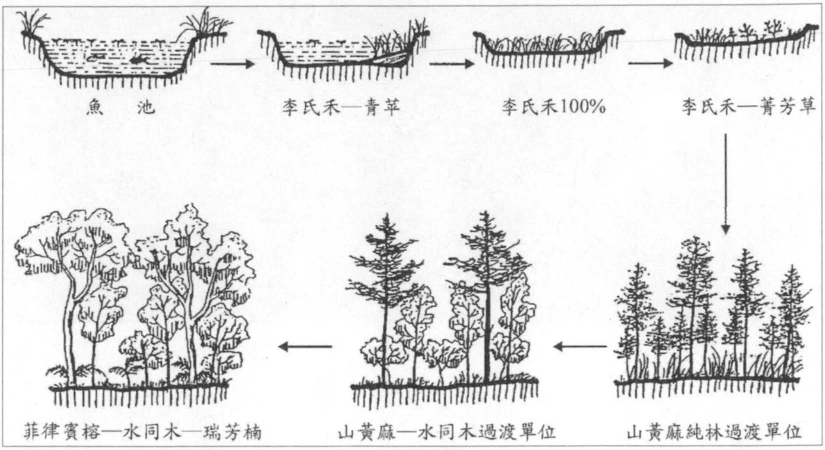

要種，就種有骨氣的菜，但市場上販賣的菜籽，就是如此不爭氣。

種了兩輪之後，我放棄。所以我現在的菜圃，就只單純欣賞著菁芳草。

一九七七到一九八三年間，我在台北地區觀察、調查次生演替時，界定了菁芳草的生態區位。我是觀測一個廢棄的魚池，隨著淤積，先是青萍的浮水植物在水面，而後李氏禾由岸邊逐漸入侵，大約一年時程，李氏禾完全覆蓋而積水消失。然後，菁芳草加入戰局，冷飯藤也湊上一腳。第四年，山黃麻幼齡族群盤佔，嗜濕的菁芳草、冷飯藤漸式微，山黃麻及水同木的次生林發展過程中，菁芳草即消失。

菁芳草屬於低矮型多年生草本，分布中心是偏潮濕的壤土地，對陽光的需求量偏高，但半遮蔭處

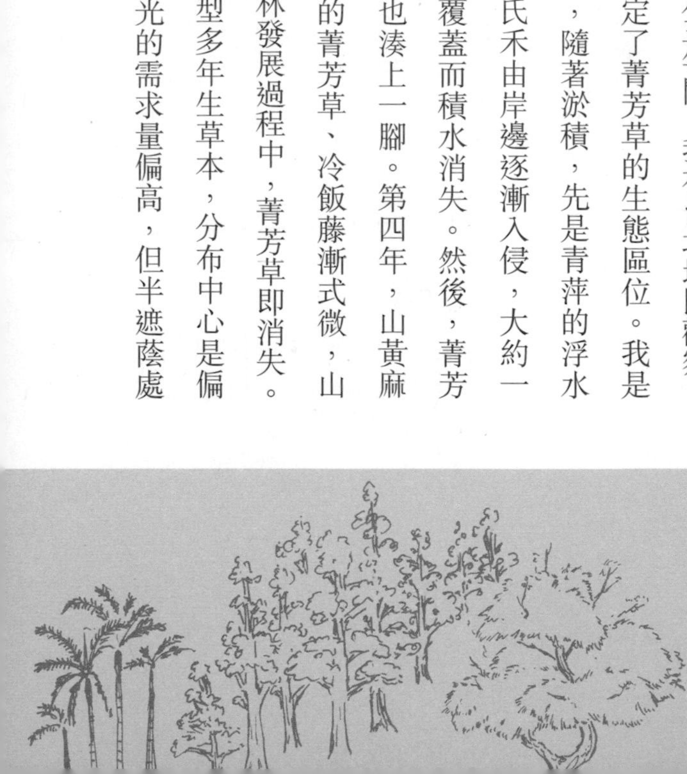

尚可存活，它的無性繁殖力很強，因而靠藉族群的彼此支援，半遮蔭處的植物體分享了破空陽光直照部分的資源，一樣可以繁盛，但一旦次生林形成，它們得不到充分的光源而消失。

我的菜圃是因為不時的人為干擾，阻礙了樹木的入侵，且三不五時有朋友幫忙除草，反而促成菁芳草的長存。如果放任自然營力，我估計菁芳草在三年內，就被大花咸豐草等吞噬。

菁芳草的傳播，最主要靠藉著它的「黏功」，它的整個花序枝、萼片上，長滿老花眼看不清楚的綿毛，分泌著黏液，一旦人畜走過，不只褲管、皮膚或鞋襪，就連塑膠、木板都上黏，它們的花果序簡直就是萬用強力膠，水柱也難沖洗掉它們。

有句歌詞：「長亭外，古道邊，芳草碧連天。」如果指的是菁芳草，很適合改一個字：碧「黏」天，它必然是多情種。

節制的青剛櫟

愛，是一切節制的活水源頭。

台中社區公園內植有一株青剛櫟，二〇一九年春夏之交，它開雄花穗，也在後來，零星在枝頭的先段，長了一些小雌花。而之前，全株長出年度的春枝葉。

五月中旬，我檢視年度休眠的小堅果，它們有如沉睡的胚胎，打從開花的模樣歷經兩個半月，紋風不動，究竟有無授粉也看不出來。如果，它們已跟同株樹的花粉交配成果，堅果也得明年春天才茁長，然而，到了九月、十月間，我發現大多已掉落，叫我推測它們拒絕同株受孕，因而入秋前多已「堅貞地」殞落，我不知道青剛櫟異株授粉的有效距離大約多少，只能猜測這株青剛櫟自交的成功率近於零。

此間，我在六月底檢視「小堅果」，確定其無論有無授粉成功，「堅果」在二〇一九年內是處於休眠的狀態。

中秋前後（九月中旬），這株青剛櫟開始萌長年度的秋枝葉，且春枝葉的葉片先端具有「燒枯」的現象。這些老葉盡成暗綠色。

我已經懶得再去找尋「小堅果」到底殘存幾粒，有可能全數落土？我有興趣的是枝條如何生長？

通常我們可以看見樹木枝條的先端，存有多個新枝芽，理論上都可以由一端延生多端，每一新端又可以是下一波生長的多端，這不就成了類似等比級數的恐怖滋生？

事實上每株樹木都「很節制」，不會「任性」或「率性」的「理論上」，只就非常複雜的「事實上」自我調控。

常見的調控現象，例如開花的枝條，就不再向前生長（反例：許多松樹，先端長出多個雌花穗，十七個月後毬果成熟時，已位居新枝椏的下段），改由營養枝持續多向生長，這現象或許可稱之為「遇（開）花則止」。

然而，青剛櫟因應年度降水或分布，枝葉的生長變化離奇，落葉的狀況也彈性調整，楊國禎教授多年來在各地野外及庭園植栽的觀察中，描繪了許多「不可思議」的變化，剛釐出一原則，馬上又出現例外或反例，直是魔幻自然。

我安逸地觀察社區公園的這株青剛櫟。人生的文字記載或抽象化的東西叫傳記；樹木的生命軌跡或稱年輪，但真實

的生活從未如實記錄，生命不是為了傳奇而存在。

我計算著這株青剛櫟初秋的新枝條，相較於春舊枝條的比例，算到頭昏眼花，算出了有意義的無意義。

大致上，秋枝葉不及舊枝葉的十分之一，而數字不是問題，更可能相關於枝葉彼此的空間調配，以及跟其他樹木或環境的交互作用，還有一大堆我這輩子無緣洞悉的內在生理及「心理」！

樹木會「看」、能「說」、相互「交談」而「行動」。同株各枝條會「吵架」，也會相互「幫助」，它們跟風雨、日月光影、昆蟲，共構童話、神話與史詩，一頃綠色的漸層底下、內裡，隱藏著無數的音符與筆畫，吟唱與書寫我的無知與不識。

枝條與其芽端一直在交換所謂「激素」的化學語言，我只能以我無窮意識的波動，張開無限的開放，沒有下意識的捕捉器，迎接寧靜中的無形。

我知道每個枝條都很節制，植物的「理性」是由芽尖在傳述，該然與不該然。否則，它們必將長死自己。我曾經看過不知「節制」的樹，真的長死自己。不過，生界提醒我的，更多的是要我節制自己的想像。愛，是一切節制的活水源頭。

酒瓶蘭

常常我經過一條山徑的前段，屢屢受到兩群蓬頭散髮的高頸漢子無聲的招引。每次我想佇足，總是在矛盾中，催足油門擦身而過，因為他們是「外國人」，截然跟台灣土地軋不上一丁點關係，無論未來環境如何變遷，幾世人也看不見他們有落地生根台灣化的可能性，他們來自遙遠的北美洲墨西哥的熱帶沙漠氣候區。

可是他們的造形實在是太奇特，就像一個上部抽長的保齡球木瓶，頸部抽得長長細細的，腰部或膝蓋以下卻膨大得不像話，沒有哪一種樹木可以像他們那樣，恰如其分的「坐大」！

他們就是酒瓶蘭，一種既不像「酒瓶」，更不是「蘭科」的喬木。他們的體形依我看，比較像是一個倒坐下來的傳統台灣木陀螺，然後陀螺釘直往上升，再依九頭怪龍之姿，冒出一至多個樹端，每個樹端頭，叢生一頭長長的板條似的狹狹葉片下垂，美得亂七八糟的井然有序。

我就是受到那一頭頭長板條綠髮，以及坐大的樹幹基的吸引。這類造形，我聯想到非洲的龍血樹等。因為我沒找資料，只推測他們可能緣自沙漠環境的演化，坐大的基幹是否跟儲水有關？

有時候，我寧可保留無知，以便多些想像。或許我老早已厭煩當個「狀似無所不知的老師」；或許更準確地說，我對唯物科學解釋性的自圓其說已然厭惡，否則誰人告訴我，七、八十年來台灣「唯理教育」下的人們，為什麼現今整個社會呈現出極端反智的氛圍！

待我問問看酒瓶蘭，他們在台灣好歹也活了數十百年的時光，不知他們如何看待台灣人？

繞指柔（一）

從小住在半不鄉下、半不城市的故鄉，經常會不經意地看見牽牛花。無論是廢墟、是欄干、是河堤、是草堆、是林緣，或者多時未騎的腳踏車菜籃上，在你有意、無意，心情寒暑破表或朦朧時分，牽牛花就不知從哪位精靈處，牽來了幾朵柔弱精緻的笑容，而且十分含蓄，過午收斂。

日本人察覺牽牛花開花跟時辰、日照的相關，通常在日出前即展顏，且在過午之後，水分補充不及的情況下凋萎，因而名之為「朝顏」，而一朵花就開個八小時左右，旋即落幕，直截刻畫時辰的精準，命與運的拉鋸與拔河，把美感定義為纖柔與剛絕的對決。

而台灣低海拔、平地鄉村的任何地域，只要有一撮泥土，最常見的牽牛花，就可能無聲無息地冒出，我真懷疑它究竟是如何廣結善緣，借助何等媒介傳播？因為它的結實量低，種子看不出有任何通天本領，竟然可以攻城掠地，好像是土地公幫它傳播一般！

直到我上了大學才知道，《台灣植物誌》把它的中文俗名列為「番仔藤」，顧名思義，好像是清帝國時代之前，或荷蘭人來台時，不小心從東南亞一帶「偷渡」來台的，有些資料說它原產「北美洲」，我真懷疑它們是如何全球流浪的？它們當然是嗜光族，一旦被遮蔭必然消褪。它們芽端的細胞分裂可能受到陽光的指導，細胞增長或堆疊的方式，形成了莖枝的左旋或右旋，我計數了幾株，搞不清楚它們是左派或右派，而且，不同角度可以看成通吃派。

我常年的觀察是這樣的：沒遮攔而延伸順暢且陽光直照的平斜面，藤本物種懶得纏繞，直走搶地盤；遇有無力直挺或懸空時，才會因應當時狀況，開始左或右旋找支撐物纏繞，否則，如果你敘述某種靠莖枝纏繞的植物，硬說它是左旋或右旋，除非你「幫」它旋，有人看過彈簧圈似的蔓藤長在平面上嗎？它們不會無

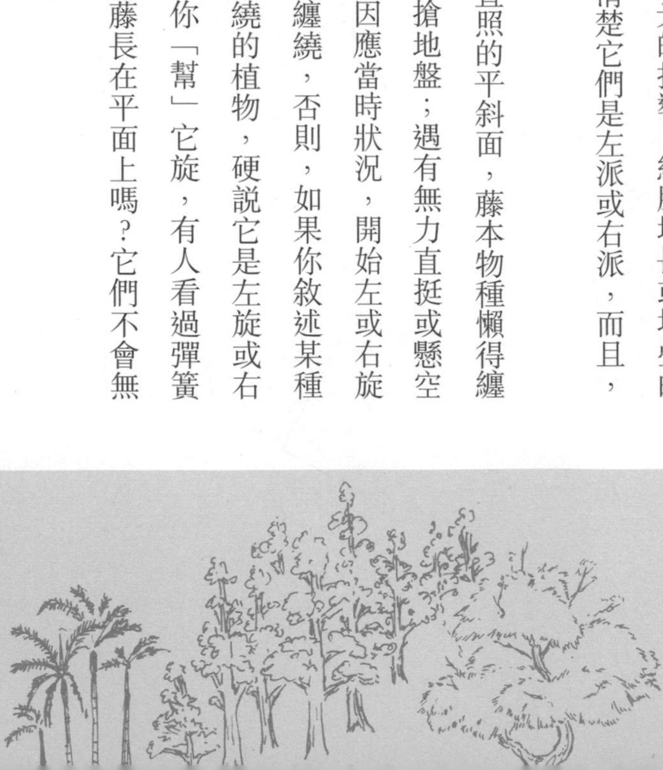

聊到沒事綁辮子。生存、節約、需要或必要等，常常是演化後驗式的優先選項，然而，自然通常不會使用「絕對」語句。

自然科學不知從何時以降，大概是有了定律（laws）之後吧，「真理」的迷信盛行，而生命的「真理」卻沒有定律。我們說矛盾或弔詭，其實是接受定律的迷信。

我一生多在講「道理」，大二必修的物理學卻教導我們：除了冰冷的定律之外，人們所謂的道理、物理學其實都是「無理」。我讀自然天書一輩子，讀出了生之無理，植物的蔓藤很能敘述這樣的況味，因為我們辨識、認知事物的開始，就是從二元論發端，我們的認知系統阻絕我們領會生命及宇宙的本質性大議題。

我凝視著番仔藤的「悲憫心」，它們不時而有限的大紫紅花，沁出顏色的出血，它的鮮豔始終帶著蒼白，這是草根廉價的盛饗，有著羞赧卻尊嚴地脱俗。

番仔藤纏趴在許多的草本、灌、喬木之上，也許因為莖枝柔弱、葉片掌裂，即使密緻，還是可以透散下射光，因而不算凶悍，比較不會消滅它們有所攀纏的其他植物，而且，植株、族群的盛行，還算多所保留而節制，不至於惹人厭。

思絮如番仔藤，攀緣向光，不時吐露短暫的繁華，過午而謝。人生亦然。

繞指柔（二）

我家的「聖誕白雪」灌木高出我兩個頭。

二〇一九年十一月初，我瞥見抽長出花序下的白苞片依稀。十一月五日，我彷彿看見株梢冠頂已然一片雪白，於是，搬來鋁架梯，打算登高拍下一片白頂。

等我站在梯架頂才發現，原來「白雪」不是聖誕白雪，而是小花蔓澤蘭「魚目混珠」，叫我不知拍或不拍地哭笑不得。

蔓藤植物依我的調查研究經驗，在生態特徵方面，最重大的角色或意義，在於演替流程中，擔任淘汰先鋒物種的部分作用，且增加遮蔭度，讓後期耐陰的中、大喬木可以出現、茁長，從而進入第二期或終極群落（社會）。

淘汰先鋒物種是指先鋒喬木半成林之際，蔓藤常常在此階段頂盛，因而先鋒喬木只有一波次，而其種苗因蔓藤遮蔽，再也無法發生。同時，乃至之後，次生林蔚成，第二期至終極林木的種苗始告緩慢、漸次地發生。

然而，依我四十五年的台灣經驗，一百五十萬年來演化而成的原始闊葉林，在過往短短二百年內，幾近九成或以上被摧毀後，全國海拔約二千公尺以下的地區，根本欠缺原始林木的種源可以形成極相林！這個現實與事實全國無人認知與在乎，這才是台灣生界最悲慘的罪孽！

這也是為什麼次生蔓藤之所以長期鼎盛的終極原因，而外來蔓藤長年橫行，實在是人為之所致。

有時候我難免只能向天控訴，套用古代皇權的用辭，我是否是台灣生界最後的「孤臣孽子」，我的「天命」正是見證所謂文明史終結自然的印記？我沒指望任何人瞭解。

說起蔓藤，上述特徵是從個別物種在植物社會的功能、角色俯瞰的，從另一軸向檢視，在社會演替的各階段，都會有特化的蔓藤。而台灣山區體型最龐大，活像綠刺大龍的，非黃藤莫屬，恆春半島則另有一種水藤，它們都是原始森林的超級藤本，也因為原始森林殞滅而消失。它們在一九六〇、七〇年代之前，更被廣泛的「抽藤鋸板」洗劫一空，如今雖然到處可見它們試圖振作，但因其生態地位偏向原始森林的成員，從而欲振乏力。這面向的研究，台灣似乎亦為空白。

人造環境中，天然原始林內，外來種通常無能取得門票，「惡形惡狀」的小花蔓澤蘭一樣無能入侵。唉！小花蔓澤蘭的崛起始於屏東，全國最早提出警訊的作家陳冠學先生，多次要我提醒當局，我也寫在報章雜誌，奈何農委會昏庸，置之不理，之後更加顢頇愚蠢，或蓄意無知，每年撥數億經費，表面上清除，實際上力促其不斷更新、永遠滋長。而本土次生蔓藤的山葛，時常見於林野，它們恰如其分地擔任次生社會的促進演替的角色，不逾規矩，花串也妍美。

二百五十萬年台灣生界發展史無可替代的自然智慧，為什麼「台灣人」卻不斷地摧毀之？另一方面則高唱著騙人的「本土化」？

白雪姬

中年以前，我對外來植物就是排斥，不是排斥植物本身，而是討厭台灣人不愛惜自己天演而出的物種，從而連鎖牽拖。

因為一生都在台灣山林場域浸染，我熟稔一切無可捉摸的造化脾胃，我不可能以人為或理性的律令，強制加諸在自然之上。

而台灣約在荷蘭入據之前的本土植物，大致是經歷一百五十至一萬年來，物種跟環境、物種與物種極為複雜的時空及基因大變遷的動態、網狀交互作用或天演而來，每個個體都寫滿連續變異體的古老記憶，以及存在的滄桑、創新與生生死死的交替。每株生靈都具足生靈的天賦賦格。

自然脫穎而出者，都有其恰如其分的靈氣，最是人為栽培、種植者所欠缺，歷來最大的誤解或形容叫「野性」，事實上，「野性」正是時空落腳處最大的涵養或優雅。

栽培物種的美，美得很文明、很人本、很嬌弱。人本則加進人種意志、人擇特定的

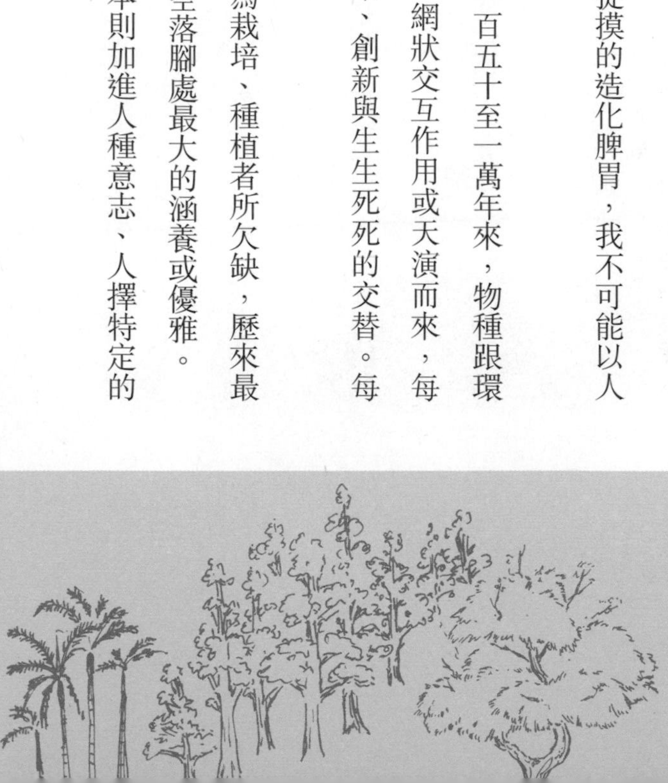

框架，還有一大堆為維持特定形質的「保護」或摧殘等。

我也會欣賞、品味人們認定且刻意栽育的物種之美；畢竟野狼雖美，遠不如狗對人的親近，而且，是野狼絕不是狗，人得置身自然才可能感受野狼的美。

我家的栽培種聖誕白雪，是從十一月初開始吐信花序的。

一開始的花序苞片不夠大，也不大白，我不知道是否日照週期在調控，如是，則是一個很有趣的化學激素議題。

經過大約半個月的時程，也就是進入 Sigma 曲線的加速。到了十一月二十日左右，已展現全面的鼎盛，而真正的小花也已怒放。

人們栽培、育種它們，是為了那一頃碎片繁富的苞片白，而多不在乎它那袖珍（人眼尺度）小白花透黃暈的精彩。人們命名它為「白雪木、雪花木、聖誕初雪、白雪公主、白雪姬……」，其實是很不科學、很乏文學，又懶又粗的間接聯想罷了，還有人硬要將它的花期歸因於「寒流」一波一波的來，所以白雪公主的雪花舞愈跳愈起勁……

它的美，在油漆白、青蛙肚皮白，在一頃數不清的天女撒花白，在滿眼眩暈的花花白，那麼細碎、楚楚可憐，那麼龐多，直把天然詩句拆成一撇、一橫、一頓、一揚、一勾、一彎，在極小中譜寫極大；在一致中幻變為無數的異變。

我的敘述，其實就是很人本、很自我地，

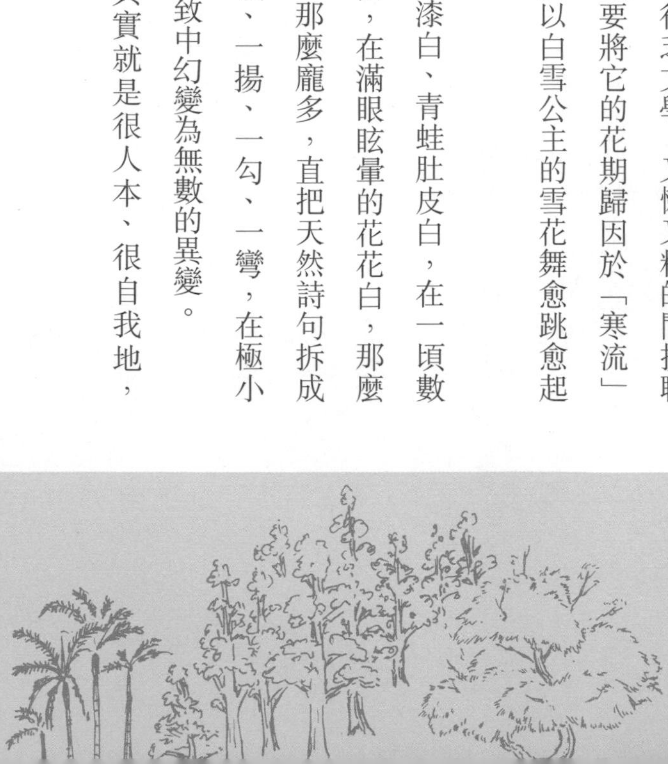

硬要拆解原本完完整整的直覺美感，單單純純的一種當下照會。事實上，這是弔詭的「美」。

生花妙筆強調也好，恰到好處的鋪陳也罷，人們表述了龐多的美感經驗，不如當下一照面。

美的本質不消說，卻很耐說，說不完而非關美。但說再多，不如不說。美的本質是種靈動、意識的示現，在示現、應現的剎那已然完成。

我在台灣原始森林中，就是無窮的靈動，教我沉澱至靈的絕對無或空。然後，任一毛孔翻動，又是另番天文數字的悸動。

說花果妍美，是色彩、是造形、是排列組合；說逆光葉片、葉脈美麗，是色塊、是線條、是規則、是生機的啟發；說枝條、樹幹、土壤根系優雅、厚重，是本質、是倫理、是整體論、是走在原鄉的道路上；不消說美而美，同萬象互看、互聽、互聞、互信，是美的本尊，是靈悟。

我拍照著白雪姬，白雪姬拍照著我。

假寐甜心

現代人重視養生，卻往往遺漏鄉土植物超療效的無形力道，那是從子宮時代起算的療程！

◉鄉土

鄉土，意味著你來到這個世界上，那個時空交叉點上，周遭一切動態環境給予你的祝福，而且，你的誕生也開始或正式地影響著環境場域。不是你有經驗、記憶的累積而已，庭前屋後的花草、樹木一樣經驗、記憶著你。它們真的認識你！

可是，當人們不斷學習知識、經驗、累積自我，就不斷地遺忘或拋棄他在童騃時代，最真實的，聯結環境的各種情愫、慰藉，或只是某些奇特的安全、安定感，事實上，人從母體出，一生都在地球時空的超級子宮之中，尋求對永恆及未知的安定或錨定感。

於是，在遺忘的渺遠空窗期中，鄉土曾經陪伴你，還惦記著你的植物或地景，在你

全然不經意的偶遇瞬間，不時遞出一絲絲慰藉，而大家都不知道，或未曾察覺那股子宮來的加持，常常只在文明、文字符號中，例如詩詞、小說、精神上的某類聯結時，找到原始況味的替代品，像台灣鄉間尋常作物的香蕉，就與文字中的芭蕉雜交且替代，而充其量說是移情作用；古人的睹物傷情或藉物賦、比、興，卻可取代你始源的母體記憶。

然而，當你心緒沉澱，恰好在意識流竄的缺口上，又與鄉土植物近距離接觸，就有可能發生抽象臍帶的通聯，而植物就是有著跨時空導航的神奇能力，讓人翱翔在思維之上，啟動潛意識底層的網頁，進入思考不能及的天地，鄉土始源的座標原點處，就會引發心靈自我的按摩，進行系列內分泌等的調整，而不止於外在負離子的唯物解釋。

◉蕉葉

香蕉「樹」是由層層螺旋套疊的葉鞘組合而成的假莖，撐起巨大的單葉，真正的莖在地中。它是超大型的多年生草本植物，也是假樹。

不管植物學正確的知識怎麼說，香蕉就是小人國中，放大的草本，天生屬於童話世界的幻象國度，幾乎沒有台灣人不認得它，而它的美，有點不大實際，偌大的長扇葉如此柔軟多汁，生來好似偏好惹風來撕裂。

我的山居處附近到處是蕉園與檳榔，即令不是蕉農，前庭、後院、路邊，也會種上幾株附風沾雅。而我每次觀見蕉樹，就有著飄渺漫遠的鄉情，我老是想截留幾幅捉摸不定的美，卻老是按不下快門，一種很貼切的近鄉情怯。

這天下午，傾斜四十度左右的陽光，有偏光、有逆光，總成強烈又淡淡的招攬，就在種瓜坑溪畔，我隨意截圖。

三片蕉葉左側是平展後的老葉，平行脈局部黃化；中偏右是已開展的新葉；右側是正在旋展中的初葉。

初生蕉葉捲旋成桶柱，有如捲紙筒，先端遭霜凍傷，有如燃香燼，然後旋轉開張，攤展成平面，平行脈運輸光能所合成的多醣，聯結來自地土的水分與礦物質，進行生命的天責。中肋也此過程中，由直立而下傾。老葉黃枯後，下垂而宿存。

寫實的生、住、滅。

平展的新蕉葉翠綠欲滴、生機旺盛，富滿青春的美感與朝氣，凝視著它，來自地母后土的生命力，可以經由目觸，啟動你的原力中樞，是謂養眼，實則起心正念。

重雨敲擊或強風撕裂，則大葉片會沿著平行脈開裂，分散風阻或風險。老葉則先黃化，葉綠體進行裂解、養分回收，供養花果，並存貯於地下莖芽。枯黃轉褐焦的蕉葉大致回收了基本養分，徒留乾褐的粗纖維片，宿存一段時程，實踐天責之後，自成收斂之美。

我在這片斜逆光的蕉園停留三分鐘，理想中我該看它三年。三分鐘看樣相；三年觀生命。只因眾生紛紛，有時候三分鐘足以聯結三年或一世。

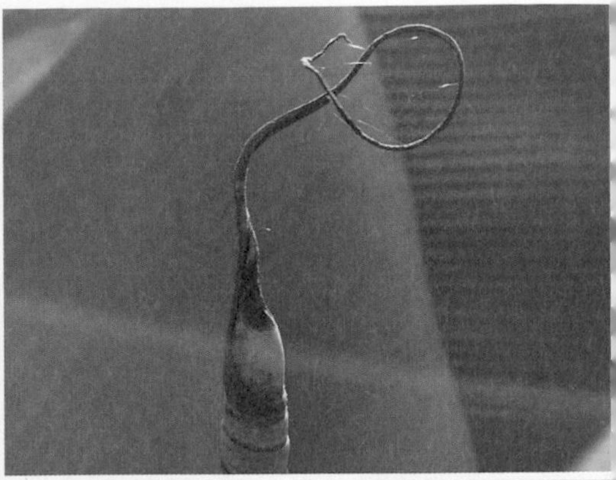

菁仔叢

●真性情

我寫過不少檳榔的文章，從環境運動的口誅筆伐，到為它平反。

檳榔無辜，懷璧其罪，罪在人。

不管一切，檳榔美帥有節，丹心通天，株株梗直，很少有「秘雕」或畸變，不像椰子樹，海邊的招牌老是歪斜作態，難怪古台灣人稱呼剛直不懂得曲巧的樸素男人為「菁仔叢」，「叢」指的是檳榔先端的叢生葉；「菁仔叢」是又憐惜、也甜甜地小抱怨的暱稱，肯定多於否定，喜愛勝於怨尤。

而且，菁仔叢充滿喜感，堅挺有力，節節衝天；先端順勢開展蓮花手，不只迴旋起舞，也像一把撲克牌，俐落地旋捲了幾周次開展；羽狀小葉井然有序，凌空怒放。

如此羽小葉的設計，避開了強風的折損作用，靠藉隨風起舞，化解、分散成亂流相互抵消。

因為樹木高度與風力大小呈現二次方的正比，一柱擎天的叢葉必須獨自面對任一方向的風壓。

以台灣中部低山為例，檳榔一年大約吐放五片大型羽狀複葉，也掉落等數老葉，苗木到小樹（五年生左右）的快速成長期，一年約可衝高一公尺，第五年生即可開花、結實或收成「菁仔」。

為了收成菁仔，台灣人不會任憑檳榔直線自由長高，由於太高則難以收成，或成本高昂，因而三十五到四十年生以後的高樹，檳榔農即伐除，且每年補植小苗更替。所以，迄今我不知道一株檳榔最高可以離地多少公尺。

（檳榔的相關或生態議題，請參考拙作《生之態交響曲》156-190頁，2017）

◉ 燙心的地軸

長久以來，檳榔都是原住民及草根台灣人的民俗或文化性強烈的鄉土植物，也尾隨政治或族群意識大肆起落興衰。然而，檳榔必將長存，因為它們的顯性特徵強烈。

老生常談台灣地狹人稠，土地爭奪劇烈，而檳榔素樸收斂，狀似佔地有限，光是充當田界地邊即歷久彌新。

檳榔性屬純陽，菁仔在中藥慣說上卻是「寒涼」，也就是集二元對立的大中和，而很多人不知，檳榔其實是避邪抗魔的利器，天生接天引地，氣場順暢而無有阻礙。許多

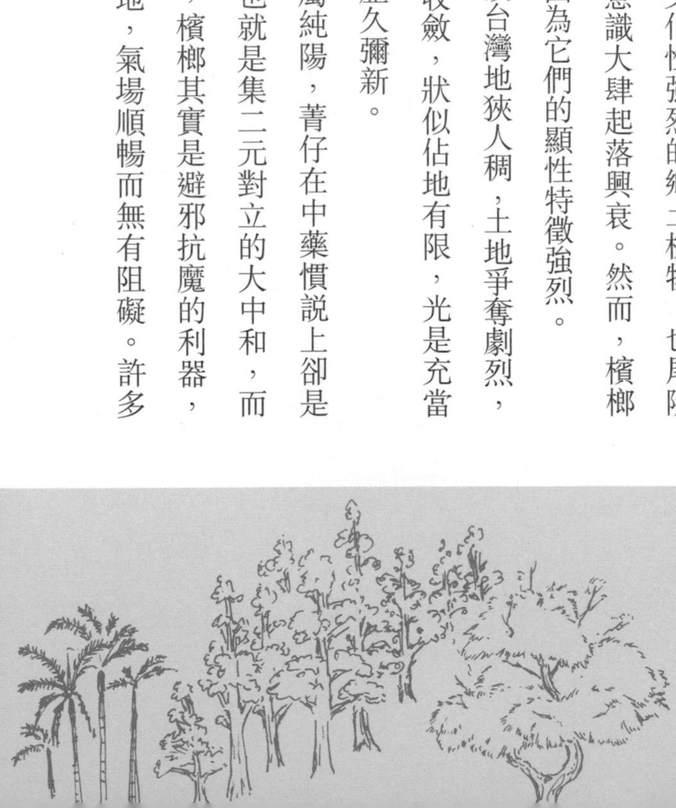

鄉間嬰兒從睜眼識天開始，檳榔的綠葉便是心靈胎記，銘刻鄉土永恆的印象。

土地公公的枴杖有無窮多把，每把都是活樹，其中，最挺直的即檳榔。而台灣低山平地，最具羅馬式美感，必也檳榔園。

我在山居種了樟樹、山欖、茄苳、香蕉與芒果，我該種植二、三株檳榔接引故鄉地氣或半壁江山的銘記。為什麼？不須理由，一片羽狀複葉的每片小葉都住著地土的藥叉，白天、晚上都會說故事，也會和著人們的呼吸打節拍。

啊！檳榔叢是溫柔的搖滾加古典。

可是，我始終拍不出檳榔在我心目中的美感質地及內靈神氣。它一直存在，只是感不了光，或說光譜不在五識的範疇。

出水蓮葉

春天一向是新生的目不暇給，人眼不夠用，計數也掛一漏萬，而且我手忙腳亂，索興我隨遇驚豔，預留給每個來年。

二〇二〇年三月底桐花初落時，落羽杉已然滿樹新葉，那等出葉的速度宛似翻書；清明時分，南瓜的第一朵雄花開展，池中蓮葉也已出水。其實，三月十二日我已採收了樹葡萄，而且，清明過後，二度開花的果實我也採獲，雖然數量不多。

就在南天竹初花、台灣五葉松抽出雄花穗、螢火蟲點燈的季節，四月中旬，我在長不及六公尺、寬約四．八公尺的水池上，十一天期間，計算著出水荷葉的數量。

◉心電感應

我得招供，並不是第一片夏荷出水我就開始記錄；我也無法確定二月二十六日的日溫暴衝與之有無相關？這怪異的二月二十六日，中午十二時二十分，室外溫度計上標示著四十六．六度C，而室溫只有二十二度C，更且，同一天早上七時二十二分，室

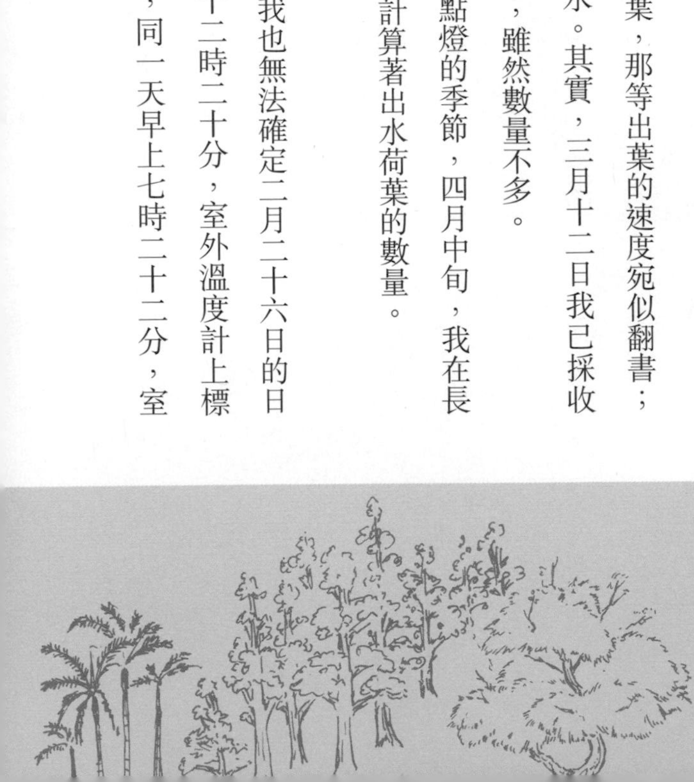

外溫才十二·五度C，相隔五個小時，高、低溫落差竟然高達三十四·一度C。如此「異象」，顛覆了我在台灣活過大半輩子的經驗，直是離奇天象。只不過，這類微環境的生態變化，似乎一向為氣象或研究人員所忽略。

說來神奇，我是在二月二十五日突然有了強烈的感受：去買二、三支溫度計裝在山屋內外。二十五日下午二時三十分裝好，開始測記，三時三十分高溫為三十度C，沒想到隔天的日高溫即相差了十六·六度C！而且，就只二月二十六日這天如此，直到四月下旬都沒有再出現如此異象，此間，只在三月二十七日下午三時零五分開始，發生了恐怖的「下暴流」二十餘分鐘相互對應。（註：並非氣象學的氣溫。）

兩者都是何其巧合，讓我遇上。

不禁我懷疑二〇二〇年二月二十六日及三月二十七日全球的權力掌控者，暗地裡做了什麼影響世人、生界的勾當？我做了不必要的聯想，但是一想到現世的人魔所作所為，真的沒啥天理，或說老天都氣炸了，才會有「異象」！可別誤解我迷信、不科學，科學、理性只限於物、化原理的解釋，我一生從理學院探索自然科學出身的，這部分一直都是率先處理的，在這些之上，才是世間苦海的淵藪啊！

◉生之旅

世人「愛蓮」，一部分來自蓮花本身的性狀、生態習性，一部分來自宗教暨文化的薰習。我，不說或不知愛或不愛，我只是如同它之與我、我之與它。

我假設二月二十六日白天的超暴高溫啟動了部分蓮莖的萌芽，隨後，氣溫旋又驟降的尋常二、三月天。約在清明節前後，第一波新葉及長莖開始長向水面。

初生蓮葉，是左右捲旋，出水後才朝兩邊開展。朝向兩側開展的同時，整張葉片都在生長、擴大。多數伸展開來的葉片呈現紅暈，也有葉片尚未開展之前，葉綠體即已充分就位。泛紅的初葉，中間即盾形葉與葉柄的銜接處，形成有趣的圖案。每片葉子都不同。一片初生葉留有開展過程中的「印痕」，不知是否霜害所造成？

◉數數樂

二〇二〇年四月九日十三時，室外二十九度C、室內二十三．七度C；出水蓮葉二十五片。

四月十日十六時，室外二十二度C、室溫二十四．五度C；出水蓮葉三十六片。

蓮花就是荷花。以前，中國江南叫蓮；江北叫荷。

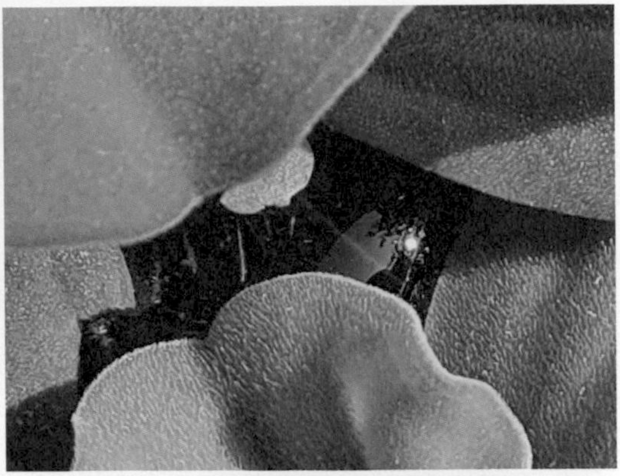

四月十一日，白天晚上溫差甚大，天轉涼；出水蓮葉四十六片。生長勢停頓。

四月十六日零時，室溫二十．六度C、室外十二．九度C；出水蓮葉四十六片。

四月十七日七時，室溫二十二度C、室外十二度C；出水蓮葉五十片。

四月十八日中午十二時零五分，室溫二十三．八度C、室外三十四度C；出水蓮葉六十片。

四月十九日十一時四十分，室溫二十四．五度C、室外二十八．五度C；出水蓮葉六十六片。

此所以自然科學研究，動輒以圖表呈現，而不囉唆敘述。無論如何，生長速率是相關於氣溫、水溫，必須實測而求取相關曲線。

朋友舉我寫螢火蟲的段落，傳訊來加註：「這麼美的文字，可不可以下次不要再出現理性的數字了？」也就是說，我們受到很多的自我切割及綁架，有些人在數字中找到完美；有些人在病態文學中認信某些文字，人生是全括，我從來不甩一大堆近親交配、相濡以沫者，所以，朋友們請原諒，你忘了三、四十年前我已宣稱：感情是最深沉的理性；理性是最優雅的情感……，我就不相信左、右大腦分裂的人可以存活！

◉ 至於蓮華

蓮花萬相，可參《妙法蓮華經》；蓮法不可勝數，文學作品、歷來畫作、雕塑、攝影經典或一大堆雜糅並陳，無庸我置喙。

一朵蓮花從花苞初展到凋謝落瓣，隨著不同品系、不同環境而歧異多變，從一天到五天不等，而且同叢的每朵花也不一致。

世人栽培的蓮花太過於楚楚動人，美得塑膠化，我說不上來喜不喜歡。我見蓮花多悲憫。

我山居的小池蓮，花期從五月延展到九月，甚至十月份還有晚來香。然而，八月底即見蓮葉枯；十一月則滿池枯褐；十二月殘梗瘦挺，池魚不時撞擊啃嚙，夥同枯乾的蓮蓬頭，漸次倒伏。大致上，半年生死，生命還歸水下根莖。

蓮花是栽培植物，生態上所謂的挺水物種，台灣先天環境中，幾乎不存在它的自然生育地，因而從來只靠人為種植的經濟化多元運用。我跟它尚未熟識到可資對話，希望今年盛夏我們可以交流。

蓮花落

真搞不懂我家蓮池的花開、花謝，每一朵，都有自己的譜、各異的調。

端午那天，挺水最高的那一大盞，微微開口，如同兜著嘴，欲語還休；鼓鼓翹翹的多重嘴唇，飽滿誘惑，像是預告花開，或讓我誤以為已然花開，或者也算花開。

午後陣雨中，它挺拔屹立。

隔天清晨，它業已堅挺盛放青春，嬌豔無比、不可逼視。

然而，盛展高峯期但只短短數小時，陽光下的上午十點鐘以後，它緩慢地閉合，大約以半個時辰，又縮回大花苞的模樣，但是，它合而不閉，一樣留著，欲迎還拒的圓狀開口，就這樣堅持到第三天。

第二天清晨，這朵大頭蓮再度盛放，之後，隨著日照及氣溫升高，花瓣漸失水分，它上部的花瓣有氣無力，整朵花充其量是半老徐娘。十點鐘以後它並沒有如同前一天的閉合，直接宣告青春不復還，無力、無奈，但堅持著開放。正午前，我看見兩片外瓣，

掉落在水面。十二點半後，下部花瓣，危顫顫地，在烈日微風中，款款依戀。

午一點零二分，我按下快門的同時，一片鮮豔的花瓣直楞楞地摔落。先是剝離的斷裂聲，因為花瓣片是線條狀接合在花軸上，它的落瓣不是點狀離層的切割，而是撕裂的痛楚與悶悶短促的音聲；接著，它撞擊到荷葉，如同輕球飄入捕手套的噗叭；然後翻轉了大約一圈半，滑落在水面上，走了一小段滑行路。掉落水面的音響，是個驚嘆號，同時在水面與我心響起！

看多了太多物種的落花繽紛，我絲毫沒有刻意，只是巧合。好像是花朵刻意示現我的有常與無常，是謂正常。為此，我罕見的，斟上一杯酒，敬落瓣。

下午一點半後，我再去看它，適逢水面輕風，兩片落瓣，漂遊忘情。

下午二點半，花瓣還堅持，且似因雲遮日，整朵蓮，似乎稍復元氣，也稍閉合。然後，不如預期，花朵未曾殞落，相反的，到了傍晚，各花瓣又合攏了起來，只剩下外部的兩大瓣，擠不進收隊的行列，哈！這朵蓮華想要花開三度，它那掉落的三片外瓣，只是向「常態」交了差。

黃昏的山區雨後，偶而可見迴光返照，像是有回我在八通關的向晚，明明傾盆大雨、昏天暗地，卻在際夜，霞光復起，也帶動水氣翻升成雲伴霧，或說雨水昇華而班師回朝。

更常見的，太陽下山後，西天漸次暗淡青灰之後，往往才是紅、紫、橙、朱，搭配著深藍蒼穹演出，端視有無高積雲，飄來邂逅。

這朵大頭蓮逸出了常態？自成自彈自唱自說的蓮花落？

我是不解如何從僧侶募化、警世勸說歌，如何又是盲人、又是乞丐的流變，如何聯結到真實蓮花的落瓣飄零？我也不

懂一朵花開三度閉合、花心卻都洞開，是否跟特定的傳粉昆蟲等相關？

對我而言，最真實的是，按下快門那瞬間的同時，眼角餘光，截留了落瓣三重唱，在感官識覺來不及反應的剎那，心領神會、一步到位。終於，蓮華首度同我深度對話。

這部《妙法蓮華經》，我修了將近一年，終於可以稍轉法華，也被法華轉。誰轉誰都無妨。

附帶說明，旁側新的一朵的開花預告秀：

清晨花朵微張向東，花朵呈九十度打躬作揖狀。早上九點半前後算是半開，但真正盛開得待明日。一樣十點左右它又閉合成小孔。怪異的是，正午之後，留孔閉合的花苞宛似向日葵，隨著太陽向上昂立。而準備三度開盛花的大頭蓮也一樣，入夜了，它倆都朝向星空。

還有一朵怪咖蓮，不肯「出淤泥而不染」，寧願頭趴在水

面上，成就另類極端的「一闡提」（Icchantika）？

至於一朵蓮花是何時受孕、何時結果，我一樣看得霧煞煞。我初步的觀察認為，預告開花（小開口又閉合的第一天）的當天似乎即已受孕？正式開花時（第二天）早已珠胎暗結？有些花的第三天，二度盛展後凋落；有些花在第四天的三展後凋零，然而，種子發育的速率奇異非常，有的花瓣未落時，種子已達半個大或更大；有的花瓣掉落了，蓮蓬頭上還只是小乳頭狀，不一而足。

真是柳暗「花明」，那朵大頭蓮到了第四天（第三天盛花期）清晨，一樣精神煥發，伴同新開的盛花共榮成雙。差別的是「老」花大頭蓮的顏色褪去了一把、柱頭的顏色深、種子略膨大，且造訪的昆蟲罕見。

清晨第一天盛放的蓮花極其幽香到濃郁，而且花香有時，大約在早晨六點半（註：氣溫約二十二度C）以後，香味逐漸

消失，七點鐘以後，我的嗅覺察覺不出。早上六、七點鐘之間，野蜂的密度甚高，七點半（二十三．二度C）以後，蜂群略少，蜂種增加，且蜻蜓、蝴蝶大量出現，但不見或罕見其造訪蓮華。

我必須要進行解剖，藉由植物型態傳統研究的那套繁複的程序，採樣、埋臘固定、切片，然後在顯微鏡下檢視系列授粉的過程，才能確知我是否可以透過柱頭的顏色，估計受孕的狀況。這是可以歸納出來的外觀估計法。

好久、好久以前，我請助理們在北、中、南三地，各以二至三天各連續二十四小時每隔半小時量一次，測量氣溫，以及七、八種微生育地的溫度，同時描述觀測者本身的體感、心情，並算出每分鐘的心跳次數。當時，是為了瞭解樹木對環境、人體的效應。複雜的分析、圖解等不說，樹下土壤中最高穩態不消說，樹下空間是對人的身、心、靈，具足最大的效益也不在話下，而我印象深刻的是：一天當中，人體的心跳最低、頭腦最清晰、心情最平靜的最佳時段落在清晨四到六點鐘！

我家的蓮花恰好示現了這項整體趨勢，真正開花可能落在盛放第一天的清晨四到六點鐘之間，第二、三甚至四天，乃至於最後，殆屬於生命意志的堅持或把持，如同

我觀察的主題那朵大頭蓮，明明盛放的第二天已落瓣三片，下午它還要行禮如儀，勉強閉而不合，第三天則是迴光返照，朝氣蓬勃地怒放不懈，而到了早上十點鐘（三十．五度C）以後，新花顯著失水閉合中，大頭蓮卻恣意馳騁生命最後的張力，顯得「老」當益壯，它要殞落得壯烈安詳，它面對死亡的態度是興高采烈。也許如此，也許不然。

古印度自耆那教以降，咸以蓮華為象徵，其內涵及內在的聯結，縝密、貼近或同體的微妙，絕非世人描述的表象。

我必須以至少五天連續觀進蓮華的流年，從凌晨開始，特別是清晨三點到七點

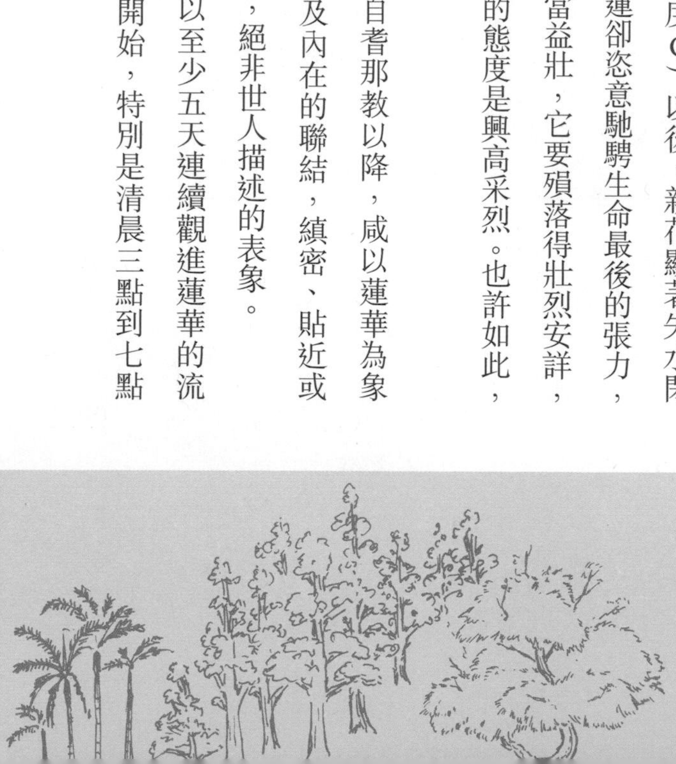

鐘的時段，不分內、外而清淨地觀，才可能傾聽蓮華的妙語。

就環境示現而言，整池蓮華皆坐西朝東，花梗頭作大約九十度的向朝陽朝拜狀；夜間則昂首星空。

通常，我在早上十點以後看到的盛放的蓮花，會是當天死亡之前的豪情的概率，我暫時估計為二分之一。

佛陀、耶穌生前都沒有留下文字記錄，房龍《聖經的故事》將之稱為「隱藏式的庇佑」，我只知道語言、文字無實相，難怪善財童子五十三參也還是參不透啊！

附註：大頭蓮開花的第四天（第三天盛花；六月二十八日）的夜晚九點，花瓣只掉落了約三分之一，一樣挺直腰桿，殘瓣盛放。

六月二十九日四點半，氣溫二十一．九度C，大頭蓮的殘瓣剩下不到四分之一，卻一樣堅挺；新蓮則盛放中，但香氣遠不如昨天，昆蟲尚未出現。

大頭蓮開花的第五天殘瓣堅挺，直到十點鐘前後壽終正寢、殞落水面。而其在面對生命的後半段，從日夜週期的秩序、紀律中超越，姑且說是生命意志或原力的呈現，直到在大笑中終結！

蓮説

台灣善根化解第一大波人魔病毒的攻勢後，五月中旬，我終於同蓮花開始對話。它的第一句話是莊嚴沉默。它抿著瓣脣，挺水而不沉、傳音而無聲，説法莊嚴。其下，大萍的間隙，水之眼凝視著蒼穹，説圓滿。

它們訴説的莊嚴圓滿，純然比微風還輕柔，比祥和更溫暖，比圓融還美妙，窮人類的詞語説不上來，只好説成氛圍，讓人有種胸口滿滿地渴欲爆出來，卻絲毫沒有違和感，更不唐突，是即幸福，難怪會是：以無所得，故……

我明白了為什麼耆那教、印度教、佛教等，都取蓮華為象徵。花苞未開如此、出水的蓮葉如此、枯竭老去的枝葉如此，而一旦花瓣盛開，或是欲爆未爆之際，聖俗的門扉就洩了界線，誘人豔情味自行流瀉，難怪獲得眾生青睞，但是，出塵的氛圍就少了些許。

一片蓮葉自拈微笑、二元同體。色即是空，空亦色。

坎坷崎嶇，變成眾生之相。
殘破之時，洞燭萬相，是即有漏；若不著相，即見如來。
如來、如不來，本無來去。一池蓮來蓮去惹得小可愛笑開懷。

第三部
隨筆

藍鵲

早晨的窗前，一隻台灣藍鵲出現。
悄悄地，站立榕樹斜出的枝條。
鳥身、長尾一線，枝條一條。
兩線相遇了，立足宇宙的中心，從任何角度看，只是和諧。
健康的生命就是這樣，我佝僂的背，弓在案前，鳥與人對張。
牠也看到我的兩條交叉線，坐定一個宇宙。
牠沒有鳴叫，我沒有呼吸，
我們的目光恰成一直線，必然同軸。
然後，牠跳來欄杆上，啄食；
我的筆，就在白紙上啄出了幾行淚跡。

肥阿猴與草捕鳥

◉ 肥阿猴

山居沒有門的門口有株小木瓜樹，有天我發現嫩葉芽心整個被折斷，從撕裂口看，似乎是被硬扯下來的痕跡。我想不出什麼人如此無心或有意？

午後，我彷彿瞥見庭院外有團毛絨絨的東西移動著，接著，看到一隻肥吱吱的台灣獼猴，翻爬過隔壁家的鐵欄杆，優雅地走向院中的番石榴樹，然後上樹，隱沒在枝葉中。接著，噗！噗！噗地，菝菝仔紛紛落地。

我不是指控牠亂扯落菝仔，我知道那株菝仔樹所有的果實，就算還在發育，也老早布滿蛀蟲，主人曾經跟我說：沒一顆人能吃，沒套袋啊！

然後，肥阿猴下樹了，嘴巴咬著一個，手裡抱著兩個。

當牠躍上駁坎時，掉了一個。

牠上了龍柏樹，邊吃邊塞往嘴巴兩側的囊袋。

牠翻上電線桿，啃光半個，結束了菝仔大餐，且咬著剩下的半顆，沿著電纜線，走向溪溝對岸伸過來的枝條消失了。

嗯！我大概知道木瓜心為何扯斷、百香果為何被啃食的元凶了。

嗯！我多了一位鄰居肥阿猴，喔，不，可能一大群，除非肥阿猴是被摘下王冠的落跑猴，然而，牠的尾巴似乎還是直翹翹的，唉！老花眼看不清楚了。

◉草捕鳥

約正午，我在屋後協助南瓜除草鋪路時，大花咸豐草堆傳來噼叭打羽聲。循聲走近一看，一隻紅嘴黑鵯被一團大花咸豐草及枯枝纏住。初時我以為可能有什麼鳥網之類的，絆住飛羽。

輕易抓住掙扎中的牠，牠咬我指頭還鬼叫。

我先將大枝葉折掉，一根一根小枝葉抽出，才抽了三、四枝折繞的草莖，整個草結已打開，牠再度咬了我一下。

我鬆手，牠振翅高飛向落羽杉，同時叫了一聲。

生平第一次看見大花咸豐草抓鳥！它增添了一份不務正業的事蹟或本領。而這隻身

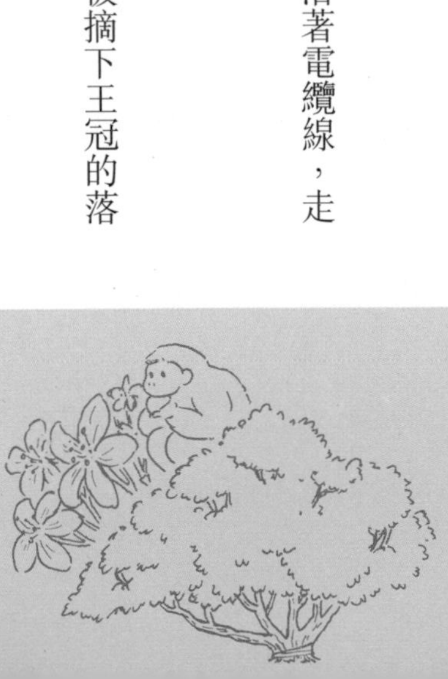

穿黑羽絨緊身大衣的「傻」鳥，分明是翻跳自纏，也許得意忘形打滾，才會將枝葉纏繞上翅，又堅持自以為的方向，不管順時針、反時針，硬把草枝纏成團，看來「堅持」都是成也敗？

原住民的神話傳說，紅嘴黑鵯啣著火種，救助被洪水困住的族人，因為牠忍痛啣火、抓火把，以致於全身燒成黑炭，臘質雙爪及鳥喙則燒成通紅。

反過來另種說法。

如同佛經許多版本的「鸚鵡救火」，紅嘴黑鵯在一次森林大火中，奮不顧身一次又一次，身沾溪水投入救火，終於感動了天神，降下大雨滅火。反正，不管是好鳥、好人，好事做到底、徹底犧牲，都會被火紋身，烙下永世的遺傳因子？還好的是，紅嘴黑鵯義舉的結果，黑羽紅嘴搭配得高雅大方美麗。

二〇二〇年起，紅嘴黑鵯多了一項義舉，協助台灣人想要撲滅外來入侵種大花咸豐草。雖然牠不自量力、鎩羽而歸，還差點變成大花咸豐草的有機肥料。無論如何，這項義舉、功德還是應予銘記、表彰。

自然的魔術風箱

隔了至少二道低山稜，隔絕了大部分台中盆地汙染源的山居，落塵量顯著地降低，還有，淺山的綠色天兵天將，有效地阻止了浮粒的反覆飛揚。

少了紅塵，多出或還原了月光及星辰傳來的，涼意加倍的體感。山氣的氛圍帶有森森的，距離的溫差，讓我想起在馬爾地夫蘿島的第一個下午的海風，徐徐拂過我手臂及臉頰，生似無數肉眼看不見的小飛蟲，穿梭皮膚上的體毛，傳導來一陣陣微微的搔癢。毛孔是可以放光，可以吐納，也可以接收各種訊息。

世界上每個點都是盡頭，盡頭正是靈界的天門。人的皮膚上擁有數不清的天門，最狹隘的說詞叫觸覺。說成觸覺，恰好關閉了毛孔的天門，所以是覺知的盡頭。

數十年來，我感受形上的波動，往往是毛孔天門的傳導，屢試不爽。

山區的夜晚，天門打得最開，所以我喜歡夜間山區散步。

如果幸運的話，我可能遇上夜行的台灣野兔。

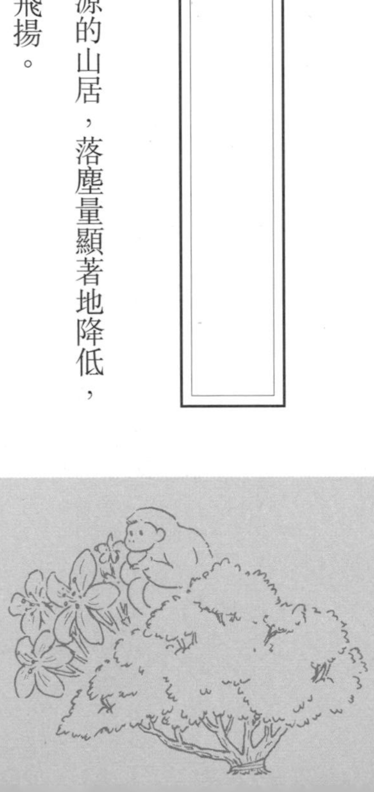

一生野調山林，首度撞見野兔是在將近四十年前的西海岸防風林，第二次則在黃昏的山居附近。目擊的瞬間，就只是單純無意識的純喜悅，毫無雜質；第二層則是意識的感受，一種幽渺曠古以來交會的生機，把時空的斷層銜接過來，人們卻常說出言不及義的偶然與逢機，而佛家說的「緣」包羅萬象，其中一面向，讓人延伸宿存意識的無邊幻象，而常以DNA控制的賀爾蒙為出口導向，所以，從神話到童話都可以流暢飛奔。

山林本來就是人們意識起源的母體子宮，足以孕育太虛幻境的所有程式與非程式；天神將數不清的稜鏡，藏在萬萬端無窮的萬象，隨時隨地讓人應現心境。只是了，以樹葉太多致於人們刻意看不見，等到動物一出現，所有鏡像猛然一聚焦，只能驚呼。

山居無言的精彩總是出其不意，我邂逅了肥阿猴採摘鄰居滿是蠕蟲的菝仔，不須確認，我知道是牠將我一袋魚飼料咬出了一大洞，還把整袋顆粒飼料扯下水溝中。打破秩序與慣性，似乎是動物的喜感，是謂莫名其妙。

半年來，老朋友替我規劃、照料山居，包括餵魚、備飼料。

這天，他告訴我：

「冬令，爬蟲打烊了吧，大冠鷲覓食困難。我來餵魚時，遇見兩次，大冠鷲站在魚池邊的石頭上……」

隔壁的老先生偶而也會來看魚：

「你的魚少了很多！」

人們老是看到眾生吃來吃去，活著就是吃或被吃？生態學的觀察說明「吃與被吃」在演化上複合動態的龐多涵義，物競天擇是斷章取義，簡化說，意義在意義底下是最龐大的一部分，答案在答案之外。生命如果有斷然的答案，就不再是生命。各類型答案大抵是趕在死亡之前的匆促，必也從生命長河展讀史詩。親愛的朋友，我們生活在有史以來最單純的人造環境，然後把人際、人性無限複雜化。因為思維模式窄化在人，就把建立在生界眾生的全境相關切斷，所謂的「無明」才大大地膨脹起來。

大珠小珠落自如

◉暗光鳥

經常我從案前朝紗窗外一瞥，老是朦朧間一隻暗光鳥杵在池畔，而且牠始終入定似的，紋風不動。這次，我索性看個清楚，呵！原來是象耳澤瀉的冬枯葉。

這類型象形的錯覺，有視力的人司空見慣；聽覺呢？必然不可勝數。

人依一生有限經驗去閱歷絕大部分的無窮，只訴諸五感六識得以聚焦的，極其有限。老子的「大音希聲」有可能最具體地感受自「萬籟俱寂而耳常滿聽」，「聽不見」可辨聲音之時，人可「聽見」體內乃至聽覺系統本身，從而「感覺」至吵至鬧到極限，而沒有可聽聞的波段，偏偏好事聯想者依常識經驗，掰出了許多言之半成理的無聊，甚至還說成「美學」概念云云，幾百千年來，數不清的，大玩特玩沒有對不對與否的泡沫戲論。

人們區分眼、耳、鼻、舌、身，是依據器官特化為接收環境不同的資訊、調整行為的事實或現象，龐多物種各有不同環境條件的不可思議的演化；人種在數十萬年來，則是靠藉大腦及連鎖系統的發達，切入現象背後的原理，團結合作、工具創造、抽象能力的意識運作而暫時「勝出」，也就是五識感官之上的思維、精神、意志、意識或之上，而這些層次的錯覺、誤判、幻象與洗腦等等，較之感官識覺的校正、檢驗更複雜得多，負面群性一啟動，遠比精神病還棘手。

◉ 雨霧

大年初一入夜開始降雨。

隔天清晨，大地一樣在沐浴中。

降雨在平地、都會，是蓮蓬頭式，狀似規律地劃雨線；在山區，是蒸汽水霧雲氣的揮灑、浸濡，這是冬春之交的雨。

雨霧拍不得。人雙眼聚焦成立體，相機眼一樣，但成像時成平面，只堆疊成灰白。直覺是立體動態成像；思維、邏輯常成靜態刻板的平面堆積，而且，掛一漏萬，除非是自然科學語言的定律，任何一條，是抽象成具象的現象，而律律不相知。

拍霧雨，得取物為主題。

池水中有大萍。大萍葉體本身就是充氣浮水救生圈，葉面則充滿極細微帶蠟質的絨毛，形成防水機制，水分子依內聚引力、表面張力及沾附力等，再依重力、葉面狀況及降雨等，進行不同形狀、快速的分分合合或流動、幻變。

而光影隨著全反射、折射、漫射光，彷同撕裂的水銀、白銀，包裹著倒立立體鏡像，說美嫌俗呢。

空間成影的照片，勉強可以依物體遠近、光影等，再依人眼判斷的慣習，假象還原為立體。人眼、神經傳導等，也有「視覺暫留」的假象。

人的感受、印象、思考取向等等，抽象意識的流動中，我們慣以幾個較為鮮明的意象為標的或立基，建構自以為是的價值判斷，不斷重組我們的心象世界。

也許止息是反思、思維的，去除視（感）覺暫留，以及一大堆假象成像的途徑之一。

● 雨樋

我的屋前遮雨木棚設有簷溝集水槽，先端垂掛一條購自日本的雨樋，有人叫它為「鎖樋」等，也許因為切斷重力加速度的加成，跌跌撞撞的落水，依序層層跌落。「鐵雨鏈」或「天溝鏈」的名詞，似乎強調「止息」之為用。

我不思不想，純看著雨槌。

雨槌可以是心念意識的念珠，由老天爺計數，視覺跟著，分段止息。

生命線

吃白煮蛋時，沾點鹽花，不僅口味都提了上來，對身體也比較健康。儘管生命演化史的三十六億年來，地球對海水的濃度曾經也一直，都在變化，人及眾生體內不能沒有適度適量的鹽，否則，連眼淚也會褪色、汗水必將異味。

鹽的濃度決定了細胞內外水平衡的滲透壓，人體每天平均排出一公克以下的鹽，當然得從食物中攝取補充。在高山上人一排尿，常可見水鹿等前來吮舔；飛鼠也常見在林道駁崁、水泥護岸上，沾食奇怪的礦鹽。

對我而言，食鹽還有一種意象象徵，提醒陸域生界，別忘了我們來自海洋，我們分解之後，也終將隨著雨水、河流回歸海洋原鄉的原鄉，周而復始、循環不已。

台灣人的神主牌則更進一步，晨昏、初一十五、歲時祭祀，不只是拜祖先，最精準的涵義，提醒做為一個有靈魂（純意識）、有肉身，彰顯出一個唯一的你，不只是來自祖先、父母傳承的賦予，更緣自終極靈界的原點與依歸。這是禪法的提撕。

寧靜致遠，動靜皆可致遠，「遠」在何處？在心啊！原本最近，且無近不遠，就只是那個起心動念處。捨近求遠固不足取；沾黏自性，同樣是眾生之惑。

森林則直接應現生界在陸域大、小循環的事實與現象，而且，打從四十五年前我開始正式接觸及認知山林以來，很快地感知自然界幾乎沒有稍長些的直線，直線不自然。有趣的是，我是以「直線」去解讀自然，儘管是微積分的模式。邏輯、理性就是片段的直線模式。

從赤道附近的熱帶雨林朝極區走，直到溫帶林，樹木才接近直線，而竹類靠藉節間，老是想挺直，只是長高後，還是得向曲線靠攏。

我永遠記得登上東台首嶽新康山前夕，風雨中紮營在新仙山稜線的夜晚，雷電交加。每當一陣閃電在天際照射，我在台灣冷杉林內的視網膜，就印記一次冷杉筆直黝黑的樹影，不僅美到我的視線打顫，我還懷疑我的

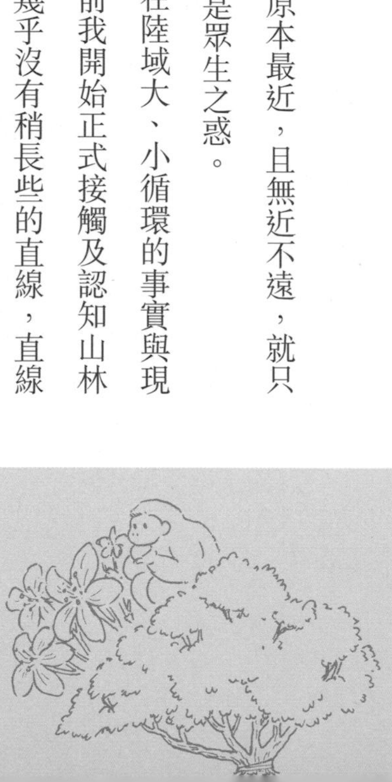

ＤＮＡ也為之突變。

這幾幅冷杉直幹的剪影是我一輩子迄今，直承的天然直線，不須裱褙、切忌打光，活生生地鐫刻在我胸口，我隨時可以閉眼再見，美得讓影子自行叫出高潮聲來。

筆直之為美，是剛性、是秩序、是冷峻、是工整、是刻意，是殘缺的抽象人本；曲線或表象的雜亂線條，是流體、是意識、是心象自體，不須言語形容。

我瞪視著眼前一片雜而不亂的林子，咀嚼著沾著鹽花的白煮蛋，分不清直線或曲線，任思成緒。致遠憑藉理性光譜；溯源從直觀曲線，遠近無分。

去花

◉瘦梅

順沿著山體的褶皺，山路自然蜿蜒起浪抖動，交換陰與陽。只要經歷了一個陽凸起，通常很快地進入一個陰凹槽。山凹處可能是溪溝上緣，可能是條小斷層穿越處，環境因子的布局大不同於陽坡地，自然落籍的物種自有差異，而人為意志卻老是強天所難。

我路過山路一內凹處多次，每每望見一株瘦弱的梅花楚楚可憐，由於座落於陰坡，陰而分外冷凝感。這次，我停車問候。

暮冬臘月，弱梅枝展陽春前的白雪，吹彈可破，張撐一地聖潔，而最吸睛的，是草地上的白花瓣繽紛。

飄落、飄零指的是物質有別於尋常經驗下的重力加速度，以物質的形狀、質量等，由於空氣浮力的作用，走著迂迴浪漫的變調路線，相對緩緩地落地止息，是殞落前的

依戀，希臘式的，悲劇型的美感。從飄雪、落英到送葬行列揮灑的冥紙，是情字碎片的迴旋，不止於感傷，也帶有落幕前，最後的絢麗。

我看得見小圓花瓣漸次轉淡褐，緩緩融入地土的莊嚴回歸，靜寂、寂靜且清淨。

◉問訊

我有感有受小圓花瓣的「心情」，也問訊瘦梅，依我的方式。

坊間偶見一些不同眾生之間的，超越常態、常理的遭遇，或溝通、交互影響，而「影子」怎會有「聲響」？人與狐、人與狼、人與種種動物之間，頻見望風捕影的幻象小說，也有野狼治癒癌變等重症的故事，據說「得道高僧」可以比斷層掃描更厲害百倍，立時洞燭人體的病變，等

等，的確，許多生物憑藉著特定化學物質、細胞病灶的某些訊息或微波，是可以察覺特定的異樣，如同某些動物會吃食魚頭等部位，因為演化讓牠們發展出對特定元素的敏感度。

然而，人們喜歡神秘主義的調性，愈是無法合理詮釋的，愈是迷人，因為人的意識中一直都試圖開發、逼近意識之所以為意識的究竟處，然而，大部分的人選擇外力的解釋，或說可驗證的、科學的合理的途徑，碰壁之後則訴之超自然。

不合理的部分，等大於合理或更加龐大。

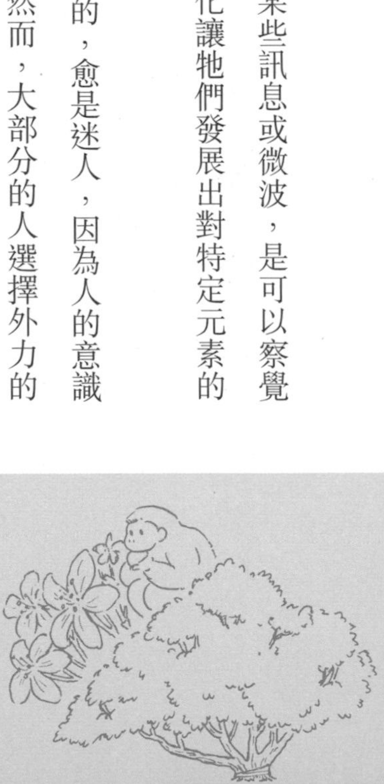

對植物的領會，也往往朝向所謂的唯用主義的療效，一開始就摻雜著目的論的毛病。

我的問訊，常常只就直觀單純融入，有如花瓣入土。

盡可能讓六識無為，眼睛專注在單單純純的視覺，耳朵專注在單單純純的聽覺，毛孔專注在單單純純的感受覺，等等，這就是對待植物、山林的，尊重及對應的初步。

然後，人的感官識覺將會彼此交流、對話與對應，形成一整體的直觀界面，可以跟動、植物交換你的心境，對方也可以察覺你的內心波動。你祥和，牠（它）愉悅；你驚慌，牠（它）不安；你有殺伐之氣，牠（它）有對等的警訊或分泌；你慈悲愛意，牠（它）陶醉在無可言詮的溫柔。

入定也好，冥想也罷，整體的人與眾生或特定的對象，形成一整體，無他無我。此時最療癒，療癒了也不自知。無所求、無所得，是即人喜、物喜、法喜。

佛從毛孔放光

花瓣一片一片，葉子一枚一枚，文字一字一字、一頁一頁。

只有時間一秒秒沒有計數地穿梭，而沒有什麼穿不穿梭。計數是人事，有了察覺型的意識之後的事。我不時迷時。

日前我買了兩根小學生使用的溫度計，我想看看山居二十四小時氣溫的變化。其實，只是溫度計本身感熱、蓄熱的變化，不同於氣象徵值的所謂氣溫。

二〇二〇年二月二十五日下午二時安置，一支釘在室內較不受氣流影響的木柱上；一支設在房屋外牆的柱上。高度都平行於我兩眼位置。

我閉左眼、閉右眼，兩眼盯著看；我移動視角，讓紅色酒精的狹直線，可以擴大成視覺上的小柱面；我很懷疑老花眼，加上一度C一小刻度之間，零點一或零點二度是我的不準度？

每隔一分鐘我觀測一次，然後蹲下來記錄。

一分鐘、一分鐘，秒針規律地跳舞。它那該死的舞步，讓我的視野只能稍稍轉向草皮都擔憂，我不能思考稍多，而只能以裸體的直觀，沒有語言地感與受。

一隻胡蠅或細腰蜂飛來停佇在我握著鋼筆的食指上，我在陽光下檢曬生命的流失或流程。看著秒針，是一種機械世界；覺受「天行健」，則多了一絲人味。如果直逼生命的本質、時間這概念的本體，人不得不瘋狂。我老是銳利地感受呼與吸的催促，或有限生命的流逝，驚心動魄。

我是從傾斜的陽光照到室外溫度計的額頭開始，每六十秒測度一次。我站起觀測、蹲下記錄；蹲下、站起，這類每分鐘的觀測，合計半個小時。我沒有自動氣溫連續記錄的儀器。有了儀器，也可能失卻生命質感的體會。

我看著陽光及屋簷影子的走動與消長，彷彿古埃及的僧侶，利用日規、幾何三角，丈量著文明的長度。

「研究」所謂的實驗，通常將欲實驗的項目，控制在簡單的因子情況下，進行因果關係的測試或證明。然而，自然生態系交互聯鎖動態的網狀立體關係，變數龐大到無從檢測，可控制的理想化的實驗容易，但只限於無機物化面向，生命則不然。

長年在野外的調查，我了然造物主的魔幻，也因而就連最簡單的溫度變化，我只順應當下觀察，直覺設定位置後，連續測量下來，我才會發現該位置的實況，而空間上的每一點都不一樣。

二月二十五日下午二時三十分，室內攝氏二十四度、室外二十六度。原則上每隔半小時登錄一次。下午五時前後，室內外大約等溫，然後室外開始以較快速率降溫，室

內則緩降。

二月二十六日凌晨一時十分，室內二十一．一度C、室外十五度C；早上七時二十二分，室外降至十二．五度C；室內則在八時七分達最低溫十七．七度C。

很久以前，我請助理們分別在北、中、南三個地區，每地區一處，就該處的多個小環境，例如水泥地面、室內、大樹下、土壤中等等，每隔半小時，測度一次氣溫、心

跳次數及皮膚感受（描述），得出連續四十八個小時的種種曲線變化。而每天，以清晨四至五點，真正的氣溫最低、心跳最慢；溫度變化最少的是土壤中，其次是大樹下，等等。這個測量是為了說明樹木的，穩定環境的效應，也意外地得知人體在二十四小時內最「清明」的時段是在清晨。

然而，二〇二〇年二月底，我在山居的兩管溫度計測量三天的結果，卻開啟我對每株不同生育地植物的另類體悟。

二〇二〇年二月二十六日的室外溫度嚇死人的高，中午

十二時二十分竟然飆高到四十六．六度C，對照大約五個小時之前的十二．五度C，升高了三十四．一度C！也就是說，室外牆壁的溫度計在二月二十六日這天，歷經了好像沙漠印象的晝夜高低溫大落差，則全年當中，反差的實況是何？每個不一樣的微環境狀態如何？對種種生命、個體的影響為何？龐雜的無機環境的設計，該又如何從此面向考慮？「問題」多到不可思議。而我在想的是，森林結構中，分層效應在二十四小時內、各季節配合種種環境因子循環的關係中，研究可切入的面向是何？

其實，我思考的核心議題是：人類文明發展迄今，靠藉化約、分析、歸納、演繹或所謂「邏輯實證論」之後，現今科學的普世科學方法「假設演繹驗證法」，從有效論證：

1 若某一科學假說H是正確的，則實驗事件E將是對的。

2 實驗事件E並未被證實。

3 因此，假說H並不正確。

到真正的科學涵養：

1 若某一科學假說H是正確的，則實驗事件E可觀察或驗證。

2 E已被證實，但H未必正確。

3　E被否定，但H未必不正確。

理性上面面俱到、謙虛敬畏，然而，這類抽象思維也有可能意味著掛一漏萬，忽略了無所不括的生命真實感，偏偏真實感的全方位運作也有個抽象的名詞叫做「整體論」，很諷刺！

也就是說，科學窄化了人類的心智，失卻了從人道、人文的活體意識，不斷暗渡私利、私慾，卻以等比級數的速率在摧毀地球生界的未來。

魔鬼悲劇有兩種，一種就是不顧真實、事實的，理性的正當性，如上述；另一種正是如帝制共產暴政的絕對不正當性，全然反人性地反轉正面人性，也是人性！

「是非對錯」誠然不完美，沒有了是非對錯，只剩下鬥爭、交互殘殺的行屍走肉陰屍路。

我還在測度分秒走動的溫度或熱對流。

事實上，室外溫度計是因為設置的位置，在我測量的日期，每天有段時程曝曬在陽光中，而隨著太陽的角度，每天變化。以二〇二〇年二月二十七日為例，早上八時

四十五分陽光開始照射到溫度計的上端；下午約十二時五十分開始進入屋緣的陰影，這天，它在陽光下的時程共計約四小時五分鐘，而它的溫度快速或暴增是在照射陽光之後，反之在陰影籠罩之下。而且，太陽光的強度依時程應有穩定遞增的曲線，也受到雲霧、風力、濕度等等的交互影響，我的測量值夾雜龐大的不準確、不確定性。

二十七日的早上八時四十五分，室內是十八度C、室外是十八．一度C，以下敘述室外溫度計進入陽光直射的進程：

8：47，陽光直射到半支溫度計，溫度19°C。

8：51，照射全支溫度計，20.2°C。開始進入增溫加速曲線。

9：00，26°C，平均每分鐘增溫0.64°C。

9：10，28.7°C，平均每分鐘增溫0.27°C。

9：20，31.1°C，平均每分鐘增溫0.24°C。

9：30，32.8°C，平均每分鐘增溫0.17°C。

9：40，34°C，平均每分鐘增溫0.12°C。

10：00，37°C，平均每分鐘增溫0.15°C。

10：30，40°C，平均每分鐘增溫 0.1°C。

11：00，42.3°C，平均每分鐘增溫 0.077°C。

12：00，42.8°C，平均每分鐘增溫 0.08°C。

而二月二十七日這天的最高溫落在約十二時四十五分，四十二．九度C。五分鐘後，影子漸籠遮下來。

13：00，下降至 36.5°C，平均每分鐘降溫 0.43°C。

13：12，下降至 33.7°C，平均每分鐘降溫 0.23°C。

13：30，下降至 32.6°C，平均每分鐘降溫 0.06°C。

13：42，下降至 31.8°C，平均每分鐘降溫 0.07°C。

14：00，下降至 30.6°C，平均每分鐘降溫 0.07°C。

14：30，下降至 30°C，平均每分鐘降溫 0.02°C。

14：51，下降至 29°C，平均每分鐘降溫 0.05°C。

如果我稍稍更動時間點，得出的平均值當然就會異動，客觀數據將尾隨人們的意識、詮釋而有大差別。夥同數不清的變數，人們歸納出來的結論，往往只是常識，不會因為穿上數據或所謂科學的外衣而改變。

如果我要細論，足以讓人眩暈。我甚至都懶得談常識。我這樣書寫，沒故意也不盡然，我只是獨鍾於一座變幻莫測而狀似穩態的森林中，光是每天光影、溫度、濕度、動物相、風吹草動，一切植物的「心情」，複雜到無以復加，而溫度、光照、水分等，之與光合作用的連動關係，當然牽涉到植物的呼吸作用、生長，與其他植物及整體環境的動態互動。

我的筆記上還登錄著幾時空中飄來一朵雲，在室外溫度計上造成三分鐘的散射光狀態，或幾時香椿一片羽狀複葉的影子，恰好投射在溫度計的下半身，之類的，超過我目測刻度所無法讀出的變化……

當人們受到整體環境複雜到無以復加的影響而毫不自知；當人們說他的心情如何而根本無從捉摸自心如何與生界、無生界連動的關係，我知道，我在山林中，每個毛孔都在感受無窮光斑、奈米環境因子的竊竊私語。

朋友們，你能否算出森林下的每個點的，每分秒的溫差，恰似你心情的真實寫照？

春紅

台灣高山地景最具攝影暖色系感，或熱情色彩的誘惑，通常但只晨、昏。因為台灣山系的高度及皺褶，配合盛行風向及颱風豪雨等，高濃度的大氣濕度，不但在中海拔保全了東亞、北美分布型的檜木霧林，也淘汰諸多溫帶落葉（樹）林，長期演化的結果，把落葉林逼成最大面積的台灣赤楊，只能存在於次生演替第一波次的次生林，還有散生於溪谷兩側的楓屬物種等等。

簡化說，溫帶大面積紅葉的地景消失，改以綠色海洋的福爾摩沙為特色。於是，台灣人晚近流行到歐美、日本，觀賞壯觀的紅葉地景盛況，且長年來不斷引進紅色、黃色、紫色，只要不是綠色的，色彩豐富的植栽，甚至一些體細胞突變的枝葉，多加以大量無性繁殖，例如白榕的白子、榕樹的黃成白子等等，族繁不表。

其實，台灣許多本土的亞熱帶、熱帶物種也會變紅葉，只是不那麼全面。正因非全面，反而常塑造「萬綠叢中一點紅」的突兀小景，且如海邊植物的欖仁，一紅起來可是驚豔非凡。

還有、還有龐多的新葉，例如北台低山大面積紅新葉的豬腳楠（紅楠），那等紅葉是新生的力道，迎向希望最熱烈的吶喊，美到溪谷顫抖、天空傾斜。可是，我在中部低山只能看到零星一、二株的呼喚。而台灣楓香的嫩葉，實在是太「色」情。

其實，茄苳的零星紅葉，由相機眼望去，質感很強烈，卻有適可而止的謙恭。當然，我的感覺只是流動的應景，換個場景，二元、多元互換，是即萬象。

稜果榕尋常是黃色的落葉，偶爾，寒流的催化下，也會漲紅著臉。

至於土蜜樹，真的叫繽紛。二〇一九年冬很火辣；二〇二〇年冬較含蓄。

而樟樹落葉前，也常紅得很亮麗。

日前，朋友看見我拍的朱蕉，恰好他在研究某位作家的色情文學，竟然說一張朱蕉局部紅葉很「色情」，我再傳一張芭蕉葉，他一樣說色情。我只好傳給他一張人工修整過的三株滿福木，下註：

「這張已經脫離色情藝術，進入泌尿科了！」

今天我談的，是春天的紅葉。

斜光

一直對斜照的陽光印象深刻。

只有晨昏或特定時段的斜射光，可以點燃林床的一席金黃，我是指路徑穿越處的森林下，也才可揭露局部地被沉睡的夢境，為它們披灑華麗的金粉，好為諸多幽靜修行的林下草本、灌木的容顏感光截圖。它們絕不會貪圖熾熱短暫的激情，但我確定它們的光合作用能量激增。我也確定斜光確保溪谷、林緣保留一席棲地，好讓被林海吞噬的次生物種宿存它們的種源基因庫，一俟森林發生變故，再度復出，擔任補地的首席修護工。

不只是我看斜光烘托出來的色層、色溫連續變化，也可以讓我品味有別於一般生態相關的奧秘。記得年輕時代的我，老師的研究室有了什麼新的儀器，我總是很想要拿到野外測試去，有次，自己買了一部打折廉價的光度計，帶去南仁山的原始森林內，爬樹、架梯，測量林冠下幾百個點的光度，測量時邊測邊嘲笑自己的愚蠢，每分秒光

線都在林內複雜位移，加上樹葉、光斑連動，要產生相對精確的相對光度，我必須「同時」測量多少數據啊？後來，只好依理想化的模式，繪製森林分層結構與光梯度，而且，只能在中午測量。斜射光則又是另一回事。我想著年輕時的天真，忖度著年邁之後如何以意識觀我心的山林光影？

目前，我只以手機，隨順捕捉側光的寫影、唱詩、聽靜。斜光側照，樹葉的逆光照最富飽滿的韻味。我山居前，溪溝對岸的一片薩爾瓦多銀合歡，只有在斜射光入照時，整個林相才渾厚立體地活了出來。

有次，我在一處大約三十度的山坡上，陽光大致平行於山坡斜射進來，林下的江某小樹，偌大掌狀複葉的七至九片小葉，彷同被點亮的綠花傘，溫柔養眼的綠光，聚焦

了世界。宇宙就在那個位置上，成就了意識的黑洞。

如果說佛洛斯特的〈林間小佇〉或〈未竟之路〉是我壯年或之前的況味；眼前的江某，就是當下「我」的意識。「我」不是「我」的我，是萬物、萬象在我內靈外魄的我；我是不必脫殼的蟬，直接入定。

所以我也恰好觀自己的風動及葉動。

幾乎每種葉片，甚至每一片葉片或小葉葉片，都有自己獨特的風中舞步，也都會演奏自己的調性，發出唯一的音或聲。我大概是世間最貪心的人，我想聽盡每片葉子的「古典音樂」。

江某隨著林隙或道路吹送進來的風力大小，會有特定的小葉片起舞或起乩。如果風力或氣流超過一定程度，則全面「翻盤」。

過往生理生態的研究，多集中在葉片氣孔的蒸散作用等面向，可是我認為太簡化了，龐多葉片的動態或與

氣流的動態力學，必然包括各枝條生長的調整，也隨著樹齡作修飾，事涉從根部到枝梢的水文、光合作用、呼吸作用、重力平衡等等，乃至葉片與葉片、葉片與枝條、葉片與全方位環境因子無窮的互動與交涉。

有時候我以為植物生理的生態研究，太過於人學化，就是欠缺植物本身角度的探索，包括從根系到枝葉的整體體會。

植物不只有「感覺」，還有「意識」，並非化學激素的唯物思維所能究竟。森林內，我不時覷見「植物奧義書」，不是一冊冊，而是一片片葉子的交響曲。

我了知斜射光淋上谷地岩隙或林緣五節芒的時段，曲曲長長的葉片，演奏的是宏亮的進行曲。

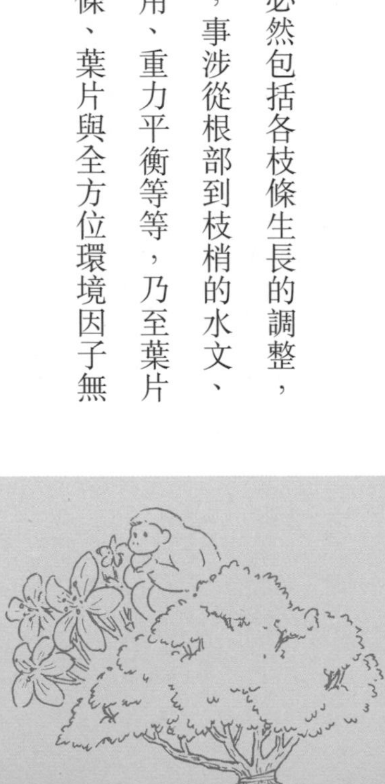

春傷

春天的花朵暗藏著希臘式的美感或感傷，或說悲劇文化的一類情操。我是也說不出的哀悽，似乎，犧牲的葉片無人瞧見。

開花結實需要大量的養分。落葉樹孤擲一注，往往，去年冬之前的盈餘先蓄積，好待春神拂塵一掃霜寒之後，奮力一擊，裸枝上綻放情愛的嘉年華，換得一季的轟轟烈烈，然後，滿地激情後的落華。木棉最愛開這類派對。

常綠樹永遠強顏歡笑，總讓我瞧見花序腋下，幾片即將掉落的葉片澄黃或血紅。我知道是它們，移轉了所有的心血，供應枝頭的花顏，然後這些葉片功成身退，落幕前自燃。

茄苳如此，山黃麻如此，厚葉石斑木如此。

情愛必有代價，只是誰人付出？人類、眾生、生界原本一體，故大悲。

二〇二〇年春花大盛，花盛年兇！

老友林聖崇先生罹患了惡疾中的惡疾。他一生盡付公義事，而正向能量充沛，且事親至孝。

日前我 Line 去聊天，他再度把他就醫的療程敘述一次，他的化療療程已經做了二十多次，一樣樂觀地「延續活著，等待新藥！」為的是「讓將近百歲的老母親看到我還健在！」

他很健談，天南地北、生幅際遇。他開始細數他幾十年的老朋友，一個個如何創業、發大財，哪些地方多少高樓大廈、全球幾岸置產幾何，有的晚景如何淒涼，有的怎樣骨肉相殘，反正就是二十四

小時影劇、連續劇，七情六慾如何熬煮千年大鍋湯、大雜燴，終了經濟肉食生物一場夢……

直白講，我全然不放在心上，我尊重也許也會讚賞某些很不簡單的精彩，但我今只關切這位忠厚老實、見多識廣的老友及他眼前的難關，但他說著、說著，我聽出重點了，哪一位是老友在事業、工作及社會關懷很談得來的朋友走了！而老友很悲傷，然後，在環境及社區議題最談得來的親弟弟林聖哲醫師，日前也往生了！然後，年邁的老母親又希望馬上從加拿大回來跟老友住在一起，偏偏現今正逢人造病毒大瘟疫橫掃全球的時段，老友正在苦苦尋覓私人飛機包機接送！

老友一談起母親多會哽咽，而知音一個個逝去；一片片黃葉、紅葉無聲無息地落土，開出的花朵只能在天上啊！

我一向最不懂得安慰人，所以我們聊到戰爭、饑荒及瘟疫。聖崇如數家珍，解析這次最惡毒的人製病毒，即將、已經漸次改變全球價值觀、人際關係、生活型態等等。

想起一九八〇、一九九〇年代，當時我最擔憂的，人類的大議題：核能大暴力、基因重組及人工智慧，如今短短二、三十年後，竟然都可能在二〇二〇年或以降，連鎖併發；演化史以降，戰爭、瘟疫、饑荒、人魔使惡、氣候變遷、核變……更有可能在今後同時引爆！過往半個世紀以來的，智慧的反思從未起了顯著的效應，如今，人造孽終於打開了靈界的大反撲。

這絕不止於「反人類罪」，這是反生界前所未有的罪，這是超越了歷史上所有罪惡的總和，二元論、分別識、天譴說等等，都已無能詮釋！不管所謂的幾大強權在台灣領空、領海叫囂，無論這些極惡生化邪魔早已開打，冥冥中，我還是在台灣看見兩百五十萬年來本命土的生命正向能量與希望，雖然紅葉、黃葉無可避免將堆積如山。

圖無案

莫說把心沉澱下來或止息，我說不起念之時。

不起念之時，或前後，感官識覺反而敏銳，隨地到處是直覺的喜悅，觸目盡是驚豔豐饒、處處可喜。

屋牆角一、二叢芋頭，它那較不反光的大葉片上，葉柄處，潑墨似地，停佇了一隻蝴蝶或蝙蝠，模樣討喜。

路邊刺蓼的小花，花苞時，如同上了粉紅胭脂，不是外敷，而是內部暈染透出，而隨著小花開放，紅暈漸淡。它整朵小花真的是冰清玉潔、吹彈可破，然而，最可觀的，是那股生命的原力，以極小、脆弱，搏極大、堅韌。此即嬰兒予人無比的支撐力道。

當我的意志力使用殆盡之際，我的精神靈力，

頻常來自如此美妙的挹注。它們是無形的靈芝、露珠，清新了我對世界的視窗。

蘇鐵是種矮壯堅實的樹，硬挺挺的大長羽葉，叢集在頭頂，仿如打著一把綠色的鐵傘。

它生長緩慢，依循一種篤定，繞著頭頂一圓蓋，輻射新葉；新葉原，如同一根根長尖刺，予人不敢侵犯的莊嚴。而整個頭蓋密生著褐絨毛，掉落在頭頂蓋的台灣五葉松的落葉，滑落在下部的一圈，如同帽緣的裝飾。

我拍攝它們，直接透視表象底下，蘇鐵厚實的生之原力。我不需思考，沒有構圖，讓視覺、鏡頭、蘇鐵頭頂蓋自然自在地輻合。我拍攝一輩子了，如今，照片不是目的；美感也不是目的，而是一種說話的橋樑，只因人世間通常只在形相、符號溝通。地球以二十四小時轉一圈，背光、向光地球的實然皆未改變，睡眠與清醒亦然。我們睡「覺」為什麼使用「覺」悟的「覺」？「覺」字是看「見」能意識的意識本體，還沒「覺」悟的人叫做「學」者，是還在學習的「小孩子」。而睡覺是脫離下意識活動，進入意識自體的狀態。所以佛陀打坐進入「四禪天」的境地，如同深眠時的腦波活動之趨近

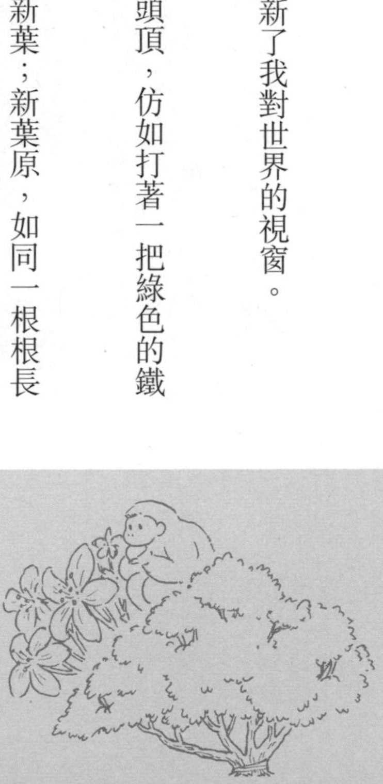

於水平，是即清醒但腦波進入「覺」其意識本身的狀態。本質是一，下意識活動而有種種差別。

人世間的下意識活動，我大抵常在所謂的淋漓盡致完成。「退休」對我而言是個假名詞，事實上進入更加的「百孔千瘡」期而不得「安寧」。我必須清醒時睡「覺」，否則我寧可選擇長眠。

如今，我最佳的「娛樂」，沒有下意識之下的各種驚「覺」，同萬象之間，依本質性的際會，鼓舞我「活在」的動力。否則，我厭倦透了人間的七情六慾無邊自作孽。

從全球人魔肆虐、危害世代，乃至於大滅絕的逼近；我一生懸命的台灣本命土的每況愈下，到個人志業的扭曲，雖可全然釋懷，與草木同在，難免留有扼腕殘遺；身、心的無能解脫，還得為業障而活，是該自尋了斷，融入無有之鄉。

我在魔界不起念，無念無住而生心。

桐花祭

◉祭桐花

無論拍照了幾回，每次目觸盛春鮮綠頭蓋上，乳白泛紅的桐花，就是有股停佇拍照的悸動。

我不停下，我知道那引人拍攝的裸真生機、靈氣拍不得，它在底片感光或畫素排列的瞬間遁走。

在枝頭的，是真靈天文，地上的落花才是人文。

過往拍不得還是拍無數回；不拍，不是遺憾，而是少了一回同裸真共振的時段；那彷同「致命吸引力」的靈光，正是刺激、提撕你還「活在」的引信，不只在花、在芽、在枝，也在心的底境。

好美、至善共同唯一的本質，是靈性的裸真。

我在「禪」的無限舒暢，完全同於無窮自然靈光的乍現，說不得硬要說，所以說「一

真一切真」！

拍不得、說不得，是即人間拍立得、不好說。

◉枯枝卷尾

二十世紀西方三大哲學流派之一「邏輯實證論」的開山始祖維根斯坦認為認知（識）不能超越於經驗之外，言語、文字本身沒有獨立的概念本質，其意義係由生活慣例中，大家所自然約定的遊戲規則來設定。

維根斯坦在一九四五年一月脫稿的《哲學研究》（一九五三年出版），放棄了系統化大部頭的論述，改採他所謂的「短評」交代。他在序言裡說：「……思想應以一條自然的秩序而不間斷地從一個課題走向另一個課題。我曾經試圖把我的成果融合成這樣的一個整體，但在屢遭失敗之後，我認識到我將永遠不會成功……」。

他所謂的「短評」，有時候看來是散文，有時是詩句。

他所謂「應該的思想」，在我而言正是生命本身，我存活連續的感官識覺、周遭接觸的廣義環境，以及我意識活動及其本尊都是同一個連續體，它不用去融合，只要不去分割！

我信步走在山徑上，一朵大花鄧伯花「凝視著」我，我凝視著它，當我問為什麼它長成這般模樣？它一樣問它自己如此這般。我直視著它，它就笑了開來。

這樣的一個我，抬起了頭，望著山黃麻枯枝上的兩隻黑卷尾，我本身是畫中人、人中畫。

我下意識地拉近鳥與枯枝。

我「應該」從這株山黃麻的童年或更早之前的前世今生開始系統化地，逐步介紹它的生、老、病、死，完滿地解釋它的枯枝為何淩空畫出如此奇妙的曲線，兩隻黑卷尾又為何此時、此地、此枝與彼枝作此時空交會？

下意識，所以有思想、有應該；全意識，所以從「一個課

題」走向「另個課題」，始終是同一個課題，我沒有分割。

● 流火

銀河星群輕柔地滑落下凡。

我舉起手機向星空，無論朝向哪個方位，怪異的，始終出現微弱，但固定的星群。隱約中我知道怎麼一回事，暗夜裡我卻找不到反向拍照的按鈕，心想：好吧！看起來也像星系。

暗夜我拍星空，卻拍出自己的眼鏡框及鏡片。

可是，滿天星星真的飛下來了！

估計，從夜晚七點多逐次點亮，八至八點半達高潮。

一開始，我「惡習」不改，忙著估算每百平方公尺有幾個閃爍的星點。我算了多次，乾溪畔的林緣，離地零點五至六公尺之間，每百平方公尺上空，平均約有二十五至三十隻螢火蟲在打光。以我走了約八百公尺路，粗估劃過我眼的亮點，理應超過三千盞流火。

牠們避開光害，集中在林緣的林內，相當於草本層至灌木層的空間最是活躍，很少挺高七公尺以上。

我還是拍照，而下凡的星辰還是很難入鏡。

放下我過時的觀察記錄，單純地享受。

不時幾盞星火，伴我走上幾步路。

我伸出手掌，讓牠停佇幾秒間，啊！牠們打著光拍的節奏不一，有快有慢。快者三分之一秒打閃一次；慢者約一秒弱。

牠們求愛的步調優雅，寧靜地收放瑩光，滑行著浪漫的舞姿，朝向虛空傾訴著無言的衷曲。

我絲毫沒有干擾牠們，如同一株樹。

有盞小可愛，滑行進入我的衣袖，打了兩輪綠燈，再回頭向牠的旅程。也許我的思念、意念，也爬滿苔蘚？

觀一頃下凡的星火，也目送牠們回天上，一隻一隻隱沒在涼涼的夜空。

春粿坑溪的螢火，約在二〇二〇年四月十日前後點燃，五天後接近熄燈；十六日之後，燒向乾溪溪畔，也許只是五天的榮景？

春暮

我是個富有的人，除了沒有世俗的金錢之外。

下雨天時，我坐擁晶晶鑽鑽滾來滾去，全然不必擔憂失去，也絲毫沒有獨佔的念頭，樂於分享給天下人。

大萍身上的晶鑽隨時更新，我在雨中，諦聽每一絲亮光敲擊出來的樂音。樂音共振出來的色彩，則沁入心田的迴廊，甜甜的也淡淡。

生命與無生命最大的差別之一，無生命的每刻當下都是時空的唯一，生命也一樣，但是生命可以抽象倒帶及前瞻，改變無機及有機的質性，而生命從介於生命與無生命之間的模糊類型，到人類之最強意識覺醒者，中間有數不清的意識發展的不同類型及程度，人如果不能發掘自身的強項，委實暴殄天物。

人以學習而來知識、經驗（即自我），其最重要的功能或理想，在於可以超越有機DNA，以及無機物化原（真）理的限制，前者叫做「覺悟、自行改造」；後者叫做「超

自然、靈異」。後者，無法普及，不是通則，而是特例；前者，人人可行，卻罕有人得以穿越。

基因控制的神經系統及行為叫做本能，而人類具足各類生命中，最強的調控能力，而不受本能控制，叔本華謂之意志，其實只是意識應現出來的一部分能力，也就是我們一般的下意識、思維能力，卻受到自我的影響甚鉅，近世以來的人在這面向幾乎定位了整個人生，也就是一般的世俗生活、七情六慾、名利得失。這是因為群性基因、價值感染、沾黏自我的結局。而我的一生，最大部分的歷程卻與一般人生大大不同，

一場雨下來，我生活的素材就琳瑯滿目，可以欣賞、享受、探索的內涵繽紛，不只是美，而是涵蓋人生的種種，也就是根源性的，心的柔軟富饒。

幾十年了，我說不出人文世界習用的交際語，不是說虛假而已，我也沒必要去否定群體生活中的「不得不然」、「人在江湖」，我只是更清楚生界的華藏世界，以致於我連「割捨」、「放下」的概念幾乎都不大能上心；我更不可能去勸別人什麼「人生夢一場，到頭來一場空」之類的，全然無意義的廢話，恰好相反，我欣賞勇於追求、冒險、體驗的真實人生，頂多我想分享更輕易可得的豐富生活樣相，當人輕易地放棄或否定掉我們身旁的多樣世界，他正自宮自心的財富、真善美與正面人性。我們從前人美麗的詩篇感動之餘，正是要寫下徹底嶄新的生命篇章，不必文字等，只在於自心的創發與和諧，也就是帶給世界沒有什麼影響，只是健康生滅，成為地球上美美的風景！

試問現今文明人，哪個人到了吟唱〈My Way〉之際，他反省一生與眾生、與良知、與地球、與宇宙、與鬼神、與世世代代……之間正、負總帳如何？有誰活得比一株樹還莊嚴或健康？過往傳教常見的，電線桿上的標語：「天國近了」、「死後還有審判」

之類的，不是沒有道理，只是太迂腐沒內涵。

不用到死後才審判，人該在活著的時候自行審判，其中，最重大的要項之一：我們來自大地、終歸大地，我們一生與大地一切的相關，便是人生的總清算。舉凡一生耗損的能源總當量、危害地球生界總帳簿，而不只是對人類世代、當代的總價差，還有，最便宜、最美妙，有百利而無一害的，同眾生、萬物的友善關係，大致就是功德的正面力量。功德，純粹是人心聯結眾生、萬物的程度，而不是給別人、對社會給出了什麼東西；功德是自證悟的程度，人赤裸裸的來，給別人再多的東西本來就不是你的！物質、金錢的東西充其量叫「福德」，甚至連「德」都稱不上。

此間，定位了人心的純度，距離自覺的距離。

雨滴在五葉松針上暫時凝結成水晶。

一個被人棄置的油桶年久生鏽，梅雨在桶面上積水，偶爾雲層破空，烈日在水面倒影，可能是微小的油滴吧？也投映出多個夢幻小太陽，而桶緣倒影分割成二元鏡象。

蘇格拉底就義前說的，「逃避死亡不難，要避免墮落才難，因為它跑得比死亡更快」，而墮落、邪惡、腐敗一向跑得很快；「人的靈魂因死亡而改變，由一個地方升

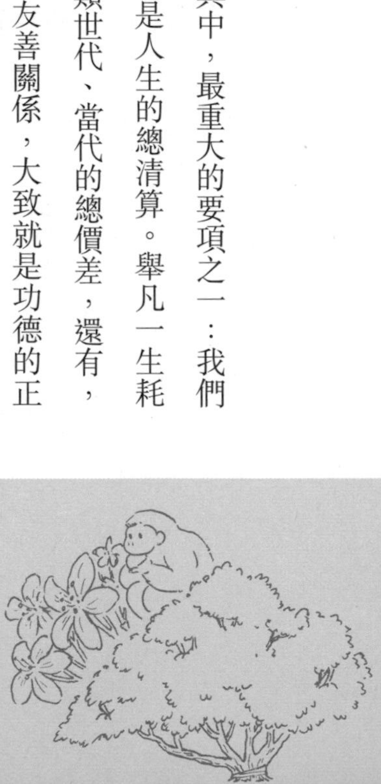

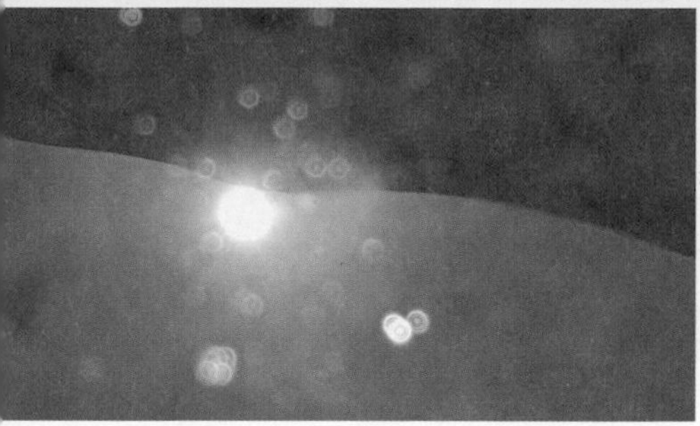

到另一個地方……死亡是沒有做夢的睡眠……」，我在老油桶上拍照時，大概是無由來的這種意象。

記憶有多種類型，當然都是記憶一種而已，不過，以唯物觀點，諸如開車、走路等肌肉型的記憶，不會隨失憶而消失。而美感的敏銳度大約介於腦門與肌肉記憶之間，一般都以為美感是直覺的反應，卻忽略掉後天創發的記憶型，此中，一旦打開了自然之眼，人造物大抵就淪為粗俗物了。

老油桶附近有個很醜陋的方型體水泥花塢，上面種了一堆其貌不

揚的綠油條般的小魔星花，它的莖枝如同仙人掌科物種，我看了它多年，從來沒看過有人認真看它一眼，可是它不斷地開著奇特造型的花，我拍了它幾次。

它是蘿藦科的物種，在花心部位，長出造型奇怪的內外兩輪副花冠，而主花冠密生長毛。

如果我們見慣了魔星花這類專門吸引逐臭之夫的蒼蠅類的昆蟲，如何幫它們傳粉的機制，或者說，當人愈瞭解生命之無奇不有的啟發之後，再也不會使用怪異、獨特之類的字眼。我們的宇宙直到發展到生命的大爆發之後，上帝才有了無上的內涵，否則浩瀚的物化、數理的無機宇宙，真的不需要上帝的創造。

只因為生命無所不可能，上帝才活了出來；演化一貫的基調，就是永遠創造可能性

的不可能，以及不可能的可能。

我不可能說出小魔星花花冠上的長毛是為了增加授粉機率這類目的論的假話。你這樣說，我也不會反駁；人如何說，常常等同於照鏡子。

每種生命、每個個體幾乎都是宇宙的唯一，這話我說了四十年以上還沒講完，而每個個體一生的「使命」，必也完成所有的可能與不可能，有史以來還沒有人做得到。

說到植物的毛，可別老是往「有什麼用處」去思考，我倒想編輯一系列植物毛（絨）與人的觸感或心理學哩，因為自從人類因為火山爆發之後的大寒潮，逼得開始穿衣服以來，這就是一個漫長的體感演化學。

你摸過構樹的葉片，就知道為什麼老輩台灣人會採來洗鍋盤，它恰好介於人手可忍受，又可清潔器物的毛糙程度，而我很想穿一件血桐葉的內衣，因為它的毛感至少對我而言是很溫柔的質感，雖然其貌不揚。

同類質地，但優雅度不如血桐的大花鄧伯花，它那密緻的短柔毛，

品質就是差了一大截，端視對哪一動物種而異。

有的明明柔毛，視覺上就足以構成過敏，例如蘇鐵莖頂及花序上的密絨毛。

如果讓人有刺感的毛，就算不是硬尖刺，人們卻用「剛」毛去形容，把二元對立的字眼，用來張顯人的感覺，台灣低海拔溪溝常見的小喬木水冬哥，算是具備了這樣的觸感。

然而，它的初生葉的剛毛卻柔順，如果硬要說毛刺是防止動物吃食，也許是附帶的輕微作用，依我觀察，毛絨、毛刺不見得是防制動物、昆蟲等啃食，反而是跟保濕相關，它們在夜間、清晨捕捉露水，直到陽光或熱度挺升後才蒸散掉。

而半邊發育受阻的幼葉，展現了令人顫動的飽潤色彩及造型，我至多只有沉默的禮讚。

我夜間、白天散步，或任何信步走上一段路，例如我走進小橋頭，恰好一隻雨傘節要過馬路，我手電筒燈光一打，

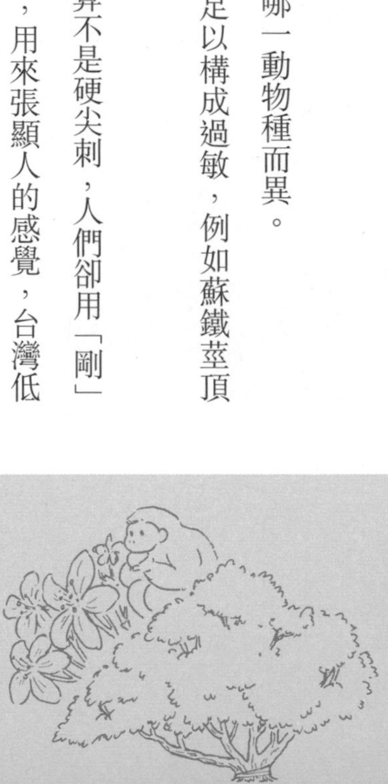

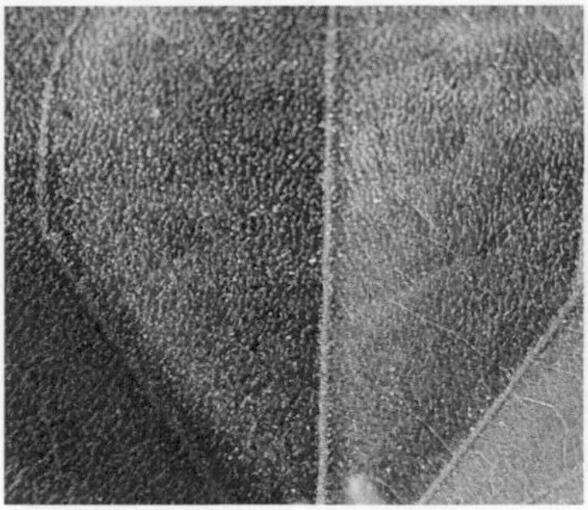

牠改變了行程，優雅地斜往草叢走；我前行幾步，油桐落花如懶散飄雪；我忽略掉了千千萬萬夜間竊竊私語的草木對話，只要我願佇足傾聽，數不清的小宇宙繽紛。人生任何一段路不需要結構完整、起承轉合，那是人類一段時空行程的，沒必要的刻意偏見，事實上，結構在人自以為的結構之外。我寫我的散步式散文。

佛教界講了許多此、此時、此人的要義，自然界任一須臾都是如此，此物、此景，沒有當下這類贅字。至於要說放手、放下，蕨類植物最有意象說。它們初生就是緊握拳頭，生長就是放手。

也有逆向操作的，先是盡情延放，再漸次緊握，蕨本植物的卷鬚就是如此。我看見低海拔林緣常見、數量繁多的蔓藤物種糙莖菝葜，它的芽頂先端，每節伸出張角大約六十度的直線鬚，而前六節恰好涵蓋一圓周三百六十度，雖然不見得全方位平均分布，可以說，前六節已經預留任何一方位可攀纏處。

而糙莖菝葜的莖枝先端連同卷鬚的造型，彷同抽像的螳螂作勢，新葉則光澤耀人。

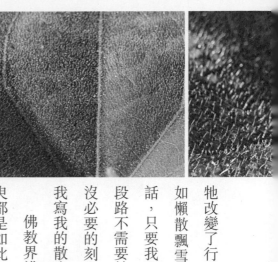

葡萄科植物當然有卷鬚或蔓莖，而廣東山葡萄的莖條先端可以直立堅挺，但感光不足時，卻「懂得」曲折他走，我見到的例子是在三腳虌樹下的它，上長到濃密本影下，旋即彎轉向光處。

另一種葡萄科的翼莖粉藤，顧名思義，它的蔓莖的稜角上長出薄片帶，以「翼」形容之。它的卷鬚較粗壯，也沒花俏。它的新葉一樣紅得亮眼。

觀察的歸納顯示，百香果攀緣的卷鬚最常落空，頻常老化成小小的彈簧圈似地懸空。

我瞭解只要把特定範圍內，例如我山居處所在地，低山群所有藤本依其性狀及生育環境登錄或調查清楚，冠上幾個徵值，按部就班地統計、分類、討論等，寫篇所謂的研究報告或一本書，煞有介事地析論一番，也就是人類社會群體規範下的所謂研究的「學問」，甚至於成就所謂的「專家」等等可笑的虛榮，我看了四、五十年的遊戲人間規則，其實，非關自然。

所謂自然生界的研究，自從唯物科學變成主流之後，便是將自然及其渺小、奈米的碎片，賦予人種群體遊戲的泡沫戲論，再也看不見生命本身了。

我在白天不規則的散步中，看得見的、看不見卻感而受見的，只能以不可思議去沉默。有次，不經意抬頭，望見枯死的山黃麻枝頭，左右各停佇一隻黑尾卷鳥。當下，我寫了極短篇 po在FB上，然後，我刪掉它，也忘了寫了什麼。

自然的話語僅只在講出那瞬間真實，其餘的叫記錄。

我門口的春天，先是紫花藿香薊取得揭幕的角色，然後，大花咸豐草領銜主演，接著昭和草、飛機草（裂葉昭和草）、野茼蒿重裝上陣，然後……，我的記錄一向掛一漏萬。

自然界從來不是人們主觀的記錄與分析。

我不斷地聽見、看見、受見、聞見、悟見龐雜種子基因庫隨著時空流年中的幻變。

二〇二〇年四月初，我登錄門口一株昭和草萌長，四月十七日我拍攝它初展花序，而莖葉帶著花序一齊上長。

五月十四日我拍攝它的頂頭果序，成熟及不成熟或夭折的帶毛瘦果隨風飄散。我在春、夏交接的梅雨天，於家中流浪，流浪找家，如同昭和草飛走的瘦果。它載著我，我心托著它。我們誰也不知落腳何方。

後來，我在蓮池陪伴猩紅蜻蜓及鼎脈蜻蜓賞玩蓮華經，和著至少三種蛙鼓的通告，拜別二〇二〇年之春，進入酷暑。

噤聲蛙夜

端午前夕我前往山居。進門前的草徑上，我的手電筒照見一隻超大體型的腹斑蛙。牠的亮眼水黑鼓鼓，柔和無邪地看著我，我不動地看著牠。在那裡，一種和平、和祥的純粹美感，畫出一道永恆，不是烙印，而是活在的靈動。

我們住在共同的家。

原本每天，三、四種蛙鼓或獨奏，或齊鳴，散落白天，歡唱整夜。我一直不確定，但應該是，同個方位、同一音調，應該是同一隻的唱腔，持續不懈地鳴叫滿滿一晚，也許隔天也一樣；隔、隔天也一樣；隔、隔、隔天也一樣……

好奇，也奇怪，怎麼會有這麼沒有效率的求偶儀式？當然是我誤解。

然而，端午前夜，池塘出奇的安靜。

我沒叩問，也沒多想。

深夜，恰好我開燈到後小院，看見一隻雨傘節，沿著空心磚的階梯，爬上來離地公

尺餘的洗手檯腳。

牠看見我靠近，慢慢地倒退下去，但後半身及尾巴，還坐在階緣。我碰了碰牠問候，牠的尾端劃出半個迴旋舞步，一節一節地消失在視野，似乎鑽進去了空心磚。

是因為蛇族遶境收取油香錢，眾蛙才噤聲？我得慢慢叩問，如果確定，人們可否依據蛙鼓作指標？

我想起玉山北峯頂那三隻黃喉貂。

據說只要眾鳥發出急促的警戒聲，就是黃喉貂出巡。

氣象站林軍佐先生說：

那時，鳥族聲聽得出來帶有驚慌的味

道，有別於尋常。

◉蛙、蛇與蝸牛

夜間拍攝了幾次蛙，可是我想拍正在鳴鼓的蛙。

我沿著水溝尋聲找。

蛙隻多隱藏在草葉下，我一手持手電筒本來就不理想，是該用頭燈。找了幾處還是只聞其聲。當我拉拔一叢草葉時，恰好一隻雨傘節扭走過來，我趕緊對著牠拍。

這隻雨傘節長度將近一米二，跟我上次看見爬上階梯的那隻相較，約莫大了一倍，我不相信是同一隻。依統計原則，估計我家庭院也許超過十隻？

牠走過青蛙叫聲處，時而在水溝，時而翻上岸，而蛙聲依舊，直接否定我原先觀察的假設：蛙族發聲與否，可作為蛇類出現的指標。

不管動物或植物，自然界的生命聯鎖網，每一環節都在打破思維的界限。這是自然

禪法，逼死分別識，柳暗花明坐看雲起時，無柳、無花、無明、無雲也無起，都有時。

再度拍攝貢德氏赤蛙，一樣可愛。

花謝花開不同朵，我們呈現每個人的照片時都獨具其樣貌，但似乎無人在乎這隻貢德氏赤蛙跟另隻有何不同？

我可以對照昨日及今日照片，說明兩隻不同個體的差異，傷腦筋，而每隻蛙可以輕易地在瞬間區辨「你、我、他」？如同我們每個人之剎那判識？表面上一步到位的全腦（心）、全識如果拆解開來，逐一的理解「清楚」之後，卻無能回拼原本的生命，這是千古以來人們或生命科學家的大難題。

現今台灣人濫用「否證法」，也酷愛「打臉」一詞，因為它誇張了人們的心識、情緒無用的波動，卻很有顛覆的效應。

自然界中我一向自己摑煩，輕輕地，感受喜悅與永遠新的新奇。

我預估十天後採收的鳳梨，卻被挖了兩個大洞，而由咬痕等跡象，我看不出是何種動物所必然。我探詢網友，大家稍來若干臆想，再怎麼「合理」也非「事實」，我在自然界永遠享受「槓龜」的萬般經驗，如果經驗知識可以斬釘截鐵判識的，通常不是

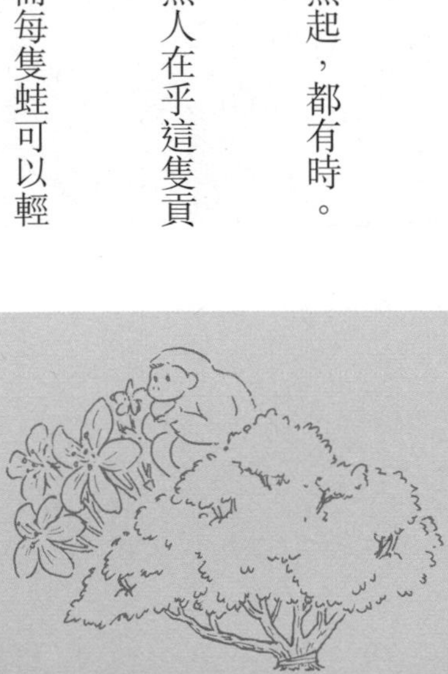

生命。

最讓我欣喜若狂的領悟，絕大部分沒能記錄；「真實」是心識活體萬變的過程，事物只叫「事實」。不幸的是，當個體生命把其他生命體看成「事實」時，生界就很麻煩了，人的感覺絕大部分都丟失，剩下來的，殆是打臉與否證的猖獗，然後迷惘、空虛與自我否定，所以更加狂暴，不滅亡不能止。

我不知道是哪種動物分別在十天啃完一粒鳳梨，這個提問一開始就問錯了，自然界頻常是哪些物種、什麼時段、競合或分享了什麼部位，獨享叫「霸」，再怎麼霸也活不了多久。人種如此，是即病、魔。我們一水隔壁如此。

因為一開始是假設囓齒類或以上的動物吃食，想說夜晚觀看必然會驚嚇牠（們）。然而，到了第十一、十二天入夜，我想整顆已吃盡，就算驚嚇到牠，也算圓滿了。所以父親節前夕，我夜訪。

一看，一團非洲大蝸牛至少五隻盤纏在一起，沙沙競食！

所以答案確定了嗎？當然不是，羅生門至少還有「門」，誰吃了鳳梨是生界共享的盛事，這顆鳳梨這樣；那顆可是那樣。

附錄：FACEBOOK 個人頁面發布之短文

1.〈徵求破案！什麼動物吃了未熟鳳梨？〉2020.7.31

好不容易才收成了兩粒鳳梨，還在等候第三顆，卻發現被挖了兩個大洞，而且是挑在先熟部位的基部，看齒痕、瞧果肉平整地被吃食，敬請十方朋友偵查，提供未來辦案方向，勞力！多謝！

鳳梨開花時，蝸牛要吃花，花被吃掉一部分的，果實就變小，如今大果實可以分一二粒給動物吃，但我想知道是誰來吃！請加證據、依據或理由。

2.〈吃熟的！不用冰箱的食物保鮮好吃法！〉2020.8.6

假設性的白鼻心吃鳳梨約從七月二十八日開始勘定完成，並作兩處果皮開挖工程。二十九日正式啃食。此後，每天夜晚前來啃吃計畫中的預定量。照片所示，是八月五日夜晚吃工完成後，八月六日所拍照，估計尚可吃一或兩天。

一個居熟未熟的鳳梨，牠從第一天啃食基部最早成熟的部分開始，依著每天熟成的部分吃，一個鳳梨從初熟部到整個全熟恰好全部吃光，合計約吃了十至十一天！

這是不用冰箱的食物保鮮跟天天運動的完美施工法！我該活到老學到老，今天開始啃南瓜……

3.〈究竟是誰吃了我家的鳳梨？〉2020.8.7

白鼻心、貓鼠、松鼠、獼猴、野兔……誰承認分享鳳梨還是大懸案，我只確定那粒鳳梨的最後一餐，是一群目視五隻非洲大蝸牛下單的！（其實還有許多「共犯」結構種……）

一個鳳梨的故事

確定非洲大蝸牛揪團大啖最後的鳳梨長宴之後，「落幕」只是人文戲劇的用詞，生界永遠沒完沒了，輪番延長分解與再生的循環。說循環，只是人智耐性有限，偷懶的代名詞。

可以說成循環的，是無機元素在生界的輪迴，生命不同，每個生命個體都是唯一無可替代，是謂生命根本或本質性的尊嚴，天賦的絕對性。有趣的是，「萬物之靈」自詡的人種，卻喜歡逆行，太多人自覺無望，寧願演化倒帶到物質的太初元素，硬要說「輪迴」。

話說最後一口鳳梨肉被非洲大鍋牛大老團醉食了通宵達旦、歪斜離去後（註：十餘天暴露的鳳梨應有部分已經發酵成酒），隔天早上，另有一、二隻蝸牛來吃「菜尾」，還有許多昆蟲、軟體動物路過分一杯羹。

八月八日早上我來拍殘餘的鳳梨皮之際，比較醒目的是一隻台灣扁鍬形蟲正在大塊

朵頤，我先速記如下：

〈鳳梨皮尚未落幕〉2020.8.8

非洲大蝸牛大老們揪團作最後的鳳梨大餐之後，我相信牠們隻隻銘酊大醉而歸，但是，還有鳳梨皮，接替的是小咖的非洲大蝸牛、台灣扁鍬形蟲、小蟑螂、小果蠅、蒼蠅⋯⋯

接下來，我得比對齒痕、排遺⋯⋯這公案很難澄清，真實跟事實是不同的認識論！

然後，我把鳳梨皮移至陽光下拍攝，扁鍬受不了日照，忙著躲向鳳梨皮的背面。

而我看這隻扁鍬有可能是上了年紀，大顎內緣的鋸齒多磨得不成形，讓我懷疑是否介於深山扁鍬形蟲之間的雜交後代？

索性抓起來拍個仔細，卻愈看愈模糊，不放心，傳給王豫煌博士複驗一下，他回是台灣扁。

之後，帶牠回原來的位置，怎麼來的，怎麼回去。

我一想到各種昆蟲覓食路線及回家的機制，我的頭皮就發麻，龐多化學物質的運作，我會聯想到超級化工廠。

這時，一隻台灣稻蝗也想來吸食或咬吃鳳梨皮。

我分不清是台灣小稻蝗或台灣稻蝗。

這類發育階段及生育立地，夥同個體或種間變異的魔術師，我的老花眼中尤其花俏善變。

牠停在鳳梨葉上時我拍牠，也看著牠後腿不斷作勢準備跳躍時，錄了影九秒鐘。

接著我來比對七月三十日首度發現鳳梨被挖洞的痕跡，跟非洲大蝸牛的囓咬痕一不一致，遺留的排遺是否相同？

其實，台灣稻蝗從鳳梨大餐的第一或二天起，就已經來吃過了。

七月三十日在鳳梨被挖洞處看到的一粒小黑屎，應該不是非洲大蝸牛的遺留，雖然吃咬的平整圓弧痕，第一天的造型跟蝸牛大老聚餐後的遺跡，目視無分軒輊，但我無法排除白鼻心及其他動物的可能性！畢竟第一天發現時，現地下方留有鳳梨皮的碎片。

而八月八日夜晚，非洲大蝸牛大老團又再度醉享、獨佔鳳梨皮。凝視著蝸牛頸上，一陣一陣、一道一道的蠕動，似乎可代表牠的細齒如同滾輪在啃噬。

夜間還有繁忙的市集，我又遇見另隻貢德氏赤蛙，這隻較年輕。

我觀這粒鳳梨的時程前後合計約只半個小時（明確的肉眼錄影所見），相對於十一至十二天全天候鳳梨大餐的全程，只約六百分之一。如果全多錄，且所有食客全數鑑定出來，包括各自時段、用餐行為，以及牠們的覓食路徑，等等，一個鳳梨成熟的故事很長、很長，更不用說生命之間彼此的關係或對話……

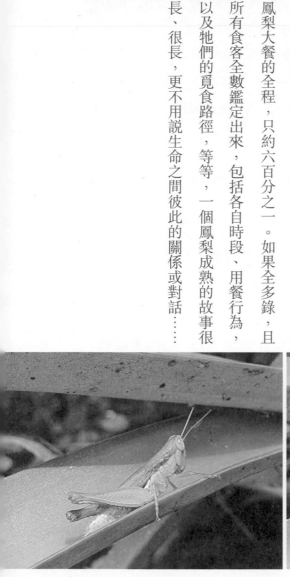

〈鳳梨市集代結篇〉2020.8.9

跌破哺乳類、囓齒類所有眼鏡，偵辦鳳梨夜宴案的故事不得不暫結、封存，父親節夜晚九點十分一段十四秒的現場搜證，非洲蝸牛大老團再度開轟叭，隔天早上檢驗結果出爐，鳳梨皮大部分被啃光，僅存殘塊掉落在地，由原產於東南亞的德國姬蠊（德國蟑螂）咬食中，往後，已不大可能搜索到體長超過五公分的食客了，只能封存為X檔案代結如下：

非洲大蝸牛涉嫌比重約百分之八十，白鼻心揭幕比例約百分之三十，其他路過食客族百分之九十五有逢機分杯甜頭者，族繁不備載，謹此公告！公元二〇二〇年八月九日，生態偵查署。

長圓金蛛的迷思

院子裡最常干擾我，或我自尋被干擾的昆蟲就是種類繁多的蛛網及烏狗蟻，而室內掃不勝掃的，則是壁虎那一長條一長條的黑屎，還長個白眼珠。細小的昆蟲太多了，蜘蛛類、壁虎等，似乎也跟著多。我的小木屋空隙數不清，可以鑽進屋內的小昆蟲，足以餵養出我掃不完的壁虎便便。

我不是要抱怨，只是稍加描述一下我的場域氣象流通，有範圍沒邊界。

而一直以來，我很少去關切動物界這區塊，遑論細小的昆蟲，雖然明知道就保育運動引發人們的青睞程度，動物遠比植物強力、強烈或有效得多，然而，聽說我已經「撈過」太多界了，就不用再那麼良性的不專心。所以，我現在只是路人甲的角色，逢機隨緣說動物。

我在七月十四日清除前院部分雜草時，清到不礙走道的一隻長圓金蛛時，我停了下來拍攝，沒有干擾牠的營生。

八月七日我再度在同樣位置上看見牠，顯然長大了翻倍以上，但這時沒有完整的圓網，只有小小不成形的的絲帳；牠腹面對著我，快吃完一小團不知道是否跟牠交配過後的雄小蛛，或是什麼昆蟲。

我是看不懂牠的行為，因為我已經被訓練出只對有因果、有目的、合乎存活、演化的內涵作解釋，我們歷來的生命科學、博物學，其實本質上、骨子裡都是唯物的價值觀與邏輯，而且，循著一大套不斷累進、累積的經驗知識海，發展唯物史觀，卻忘卻，生命本身的本質性超越的部分。本來沒什麼唯物與唯心的二元分割，卻以唯物的發展，抑住了唯心的演化，可笑的是，遇上困頓挫折時，又頻常以迷信代替理念。真正理性的唯物論，也是一種虔敬的信仰吧！

我凝視著眼前這隻金蛛的腹面，強烈的色彩、曲折條紋的怪異，長腳暨全身的剛刺，整個個體予我的感覺正是活體圖騰，牠的行為應該至少有一部分，是在彰顯牠同「造物主」之間的關係，也就是如同人類的宗教，任何生靈或多或少具備這類抽象的具象，具象的抽象，只是文明人拒絕這「事實」與可能。

過往在大學開授「台灣自然史」、「生命科學」等課程，我大抵如同巴森（Jacques

Barzun，1907-2012）認定的「人文學科」，我會交代簡略的學科史，談自然史也包括從文藝復興以來，思想、藝術之流變，例如十八世紀的主教解釋創世紀才六千年，可是長毛象的遺骸發現並定年就超過六千年，每一門學科如果探索所謂的真理，都必須面對被切割化的知識、觀念、價值觀、理念、信仰……一大堆不整合、矛盾、衝突、對立的問題。

我會舉例，十八世紀的西方，博物學家發現一些現象直逼殘忍的極限，某些蜂類攻擊某些蜘蛛，被注入毒素的蜘蛛「意識清楚」，但不能動彈。蜘蛛被蜂類帶回洞穴，任憑蜂類在牠肢體下蛋。蛋孵化成小蟲，小蟲啃食蜘蛛如同生吃活體沙西米，蜘蛛「眼睜睜地」看著自己的身軀被蜂蟲啃光，蜘蛛死了，沒有了血肉，蜂蟲也長成，準備蛻變。生物或博物學家不寒而慄，無奈地問出：上帝是仁慈的嗎？生命與生命之間，怎會有如此「殘忍」的事實？

我另從西方藝術史反映時代思潮的變遷切入，多重交互討論。當然是我不自量力，台灣的學生對稍微要自由馳騁思維的內容通常毫無反應，如同我最用心寫的文章，最多意象交纏，多元象徵、暗示，充滿歧異的餘韻連結，最是沒人想看。

奇怪的是，西方有份量的作品，在廠商、名人大吹大捧之下，自然大賣，每當我用心讀完那類型的書籍後，都會得到一個共同結論：原來太多人買「名著」，不是用來讀內容的！

我說我家的主人或房客之一的長圓金蛛，也是姬蜂類快速打毒針的對象之一，如果牠被姬蜂下了卵，牠的行動變遲滯，「眼睜睜」地看著自己被蜂蟲一口一口吃光光。即使研究者設計了一堆特技，「證實」了長圓金蛛身上的色彩、圖案，相關於避免被姬蜂盯上，則金蛛尚有許多天敵如鳥類、爬蟲類、兩棲類、蠍子等等，天敵的視覺器官天差地別，難道金蛛的彩繪足以適應數不清的狀況？

演化的說辭，事實上只不過是事實數不清的不確定的一端，人們卻喜歡掛一漏萬。

我看著長圓金蛛八隻腳之上，在口器旁另有兩隻「手」，專門用來抓取食物餵吃；我看不出還有什麼食物可吃，牠的兩隻手卻忙得不可開交，口器也迅速地磨動著，感

覺上像是在唸《金剛經》。

當我知道（理解、瞭解、悟覺、靈覺不同層次或面向）徹底無知之後，如果沒有悟覺與靈覺的內涵，則知識與生命的聯結是不存在的。

絕大部分吊書袋的知識真得很假，假得很真，盡頭是空虛與迷惘。悟覺與靈覺的部分一說出來，便被理解與瞭解打死，但是，往往在眼神交會之際了然。

醉果

古代誌怪、神仙幻想小説、故事，頻常出現煉丹「七七四十九天」的順口溜之類的，既無自然週期的意義，也沒物化變化的內容，卻可賦予讀者諸般想像的蛻變，隱寓期待自己的脱胎換骨。

我庭園果樹的生命孕育則真實有感多了，何況是活體的晨昏相伴。

自從二〇二〇年七、八月間，幾十種生物分食我一顆株端的鳳梨後，我盯緊另株七月萌長花序的鳳梨，看著它從開花到成果到成熟。

並不刻意，不是期待，沒有聯想，説不出有或沒有，我常去單純看它，甚至它有無長大，我還只是看看它。無念。

二〇二〇年十一月十一日，這顆鳳梨可以判定開始從下往上微變色澤，而竹雞群鳴叫聲達鼎盛。十一月十四日，黃暈漸層上到鳳梨的中段；十一月二十二日將近黃紅透頂，可能是第一隻雌性台灣小稻蝗聞果香而來，直覺聯結可以吃了。

十一月二十三日，我終於採下這顆孕育超過一百二十天，也就是一季的鳳梨。

我切開鳳梨頭尾時，幽微暗香入鼻。削皮、切塊後，盛盤拍照，然後吃下鳳梨頭的一塊果肉，喔！一陣陣香酸帶甜味浪從舌上震盪傳遞，躍升為味蕾時空新境界，尾韻果香中還飄盪著花色的嬌豔、針刺長葉的狠勁！

這才叫做台灣鳳梨！

這顆鳳梨我怎忍心一下子吃完，雖然它體積不大。

書寫本文的十一月二十六日，我從冰箱再拿出一、二片入口，冰香甜韻中，如同擊鼓、鳴金一擊，滿口味覺的尾音，從音階迴旋，拉上高八度的樑繞。我終於瞭解昆蟲如何醉臥在鳳梨果上。

醉果一盤敬邀日月星辰共享。

第四部 話語

溪流

老天爺的淚水晶瑩純淨。
它們是擦拭天空的烏雲，擰轉出來的，
有時候很酸，有時候很鹼，古早時很純粹。
從天空下墜時，它們喋喋不休：汙染源在此岸或彼岸？
一落地，吸吮世間任何汙穢，然後滲入地土修行、沉澱……
底下豈止十八層地獄？還有甦生死去的靈魂。
它們接受根毛的撫慰，菌絲的纏綿，兆兆億億砂土顆粒的磁吸。
它們不再分別，只循著毛細孔隙，尋找春天。
山體梳著它們的髮髻，捆成一體，於是學會合聲，開始輕哼。
它們隨順著一條溪溝，
白天唱響山林，夜晚合奏星月和弦，終成為溪流，流瀉吵鬧的自在。

我掬起一把婉轉，喝下一口清涼音，
輪到在我腸肚爭吵。

早春與食物

「退休」的第一天，我看見中部平地第一株早花的樟樹，落地的花序苞片顯著地淩駕枝梢的小花，空氣中彌漫著隱微的幽香或暗香。

我在日記上勾註二〇二〇年二月一日，樟樹早花；九天後，第一株台灣楓香灑落了滿地雄花序的外苞片，山居的蛙鼓零星初起。

二月十五日，樟花燎原起跑；山居蛙族合奏，傍晚前即行轟叭。所以，我拿起了鋤頭，調配腐植土，啟動年度的種菜。

去年冬，我在花圃播種的菜籽全面淪亡，不敵菁芳草的剽悍。市售的菜籽類同飼料雞，從來不是身經百戰雜草的敵手，我若想要吃到健康有勁的蔬菜，必須自行培育菜籽。我會採取的方式，大概是這樣：

在一般雜草地分批播下各種菜蔬的種子，任憑它們萌發或夭折。每隔一週天，另灑下一批菜籽。預估最可能全軍覆沒。然而，幾個月後，或期間，也許會有幾株菜種長出，我得俟其開花結實成熟時，收集種子。下一季，再以這類「異軍崛起」種源播植。如此，理想化地，一代一代讓被人們馴化、溫室化的菜蔬，尋找野草化的變異。

怎樣？夠笨吧?!

種菜等，我不想精緻化，也不要聰明的人類農業法。相反的，我寧可「自甘墮落」反文明？我不知道。

另外，我將從山居處四鄰，跑步時或隨機，採擷一些原本已知可食的次生雜草，或未知滋味者的嚐試。數十年來植物圖書介紹了一大堆可食野味，可惜的是，欠缺詳實或真正登錄的基本或生態資訊。例如說，介紹了許多物種，卻對各物種的生態區位（niche）、真實環境條件、月令資料、群聚或散生……等等，不清不楚，只是抄襲了前人不明確的傳聞，附上照片，就青黃不分地端上桌？

其實，吃是非常有哲思的藝術，也就是光靠語言、文字是形容不出來的，所有人類的行為之中，吃進來的東西是要成為自己的一部分，食物就是進出人體，成為一段時程的人體或人心的有機體等，人跟食物的關係，包含著身、心、靈的互動、互持與交互生死。

褻瀆你的食物，自是輕慢你自己；我只是想要體悟自己的各面向，種菜的想法及做法，似乎與現世無關。我不在乎什麼「成果」或心得。

我不是要反文明。沒有百、千、萬年來人類一切朝向文明的打拚，絕對沒有我今天的自由選擇。人種靠藉群體合作的無數演進，好不容易才讓個人有了免於集體的部分自由。我由衷感恩一切！

有了綿延傳承，一代一代人的夢想與付出，我方才可能從容優雅地品味生命「奢侈的」方式，聯結到食物、菜蔬跟我一體無分的況味。

亞熱帶，加上持續的暖化，二〇二〇年的孟春至少提前一個月到來，不需要春雷、驚蟄，台灣的低山系盡情怒放；春天不用開幕，只需人們張開眼睛。

在這肖楠抽出雄花穗的「暮冬」，路邊盛花的可能性野菜正對天地歡呼，食物的念頭瞬時消失，我毋寧感恩它們的陪伴。我也實在不想再記錄所謂的物候，只是這時節的錦繡硬是搶眼，菁芳草、紫花及黃花酢醬草、紫背草、紫花霍香薊、龍葵、昭和草……雖然終年花果不斷，還是在早春展現情愛的燦爛；鵝兒腸、兔兒草、薺菜、水辣菜、蛇莓、戟葉蓼、春蓼……宣稱它們才是早春的正字標記，只是我已糊塗。

東山飄雨西山晴

去年東進山區一、二次，在國六國姓一號隧道前後，立即感受山地跟平地氣候的重大分水嶺在此；附生植物、大氣濕度的保持，就由隧道上的這條數百、近千公尺的低山稜縱走所圈圍。

之後，我頻常往來山海不同的國境，交織冷暖、晴雨或模糊地帶的漸層。台灣從海邊朝玉山頂的海拔遞變，靠藉有限的氣象測站我們宣稱，從平地往內山，隨著海拔升高而降雨量增加，至中海拔的阿里山區，年降雨破四千一百，而再挺升則漸降，終之於玉山的三千出頭，還有南北兩大異端的坪林及浸水營，咸破八千。

然而，我一生調查植群及山林經驗，了知降雨量取決於地形、坡向、氣流等，遠遠超越海拔。海拔直接的效應甚至可忽略或連帶性的現象而已。

一九八四年我對海岸的生態特徵下定義，台灣西部宜以面海第一道主稜以下、以西為「海岸（氣候）地帶」，有點類似台鐵的山線與海線之別；幾年前我去綠島施放煙霧觀看氣流怎麼走，去年更想檢測國姓一號隧道上方的主稜，如何左右氣流與降雨等。

想歸想，在沒有特定儀器及工具之前，我只能依賴感官識覺，與其說觀察，不如說是享受造化的布局，以及內觀自己如何對應？

二〇二〇年，二月一日第一株樟樹開花，十天後台灣楓香跟進，青蛙開始打鼓；二月中旬茄苳及芒果花開，一週天後白粉蝶飛舞；三月十二日我採集了第一批樹葡萄，落羽杉的新葉出，而前兩天春雨愛落不落地，灑落一地。

三月下旬，第一批油桐花落，落羽杉新葉如同生氣的火雞。清明，南瓜第一朵雄花張傘，十天後，第一朵雌花開放，然而，有效的著瓜果還得等到五月底，在南瓜藤延展二丈長度後。而五月中旬號稱入梅，螢火蟲則已完成旺季。

至少二〇二〇年，梅雨之前，大

地稍微讓我感受了些許真正的台灣春天。我思索著什麼是雨季的生態特色？

直到六月，才讓我等到了隧道東西，東山飄雨西山晴；海岸落水、山區豔陽。

六月十一日，海岸陰雲天；山區晴朗。

六月十三日，隧道東下雨；隧道西放晴。

反正看了幾次東西分治、內外晴雨。

七月十一日，我拍攝了大肚台地豔陽下的盾柱木盛花果，傍晚，驅車向山，國道六號在海岸氣候的西段酷熱，即便時刻已是向晚，然而，望向山區卻是一頃烏雲蓋天，而晴、雨分界，不用質疑，就是隧道上那道縱稜。

再稍細分些，大肚台地、八卦台地或鐵砧山等連線以西，是典型的海岸氣候；國道一號、國道三號接國六東進，在國姓一號隧道之前，是台中盆地（從豐原到彰化約四十公里縱長）氣候區。

海岸地區及台中盆地是晴時偶雲遮。

國姓一號長隧道以東則是山區烏雲區。

其實台灣西部如果存在像國姓一號隧道山稜，固然是直截了當地劃分氣候的楚河漢

界；如果沒有，而是漸進式的山稜，則分界線將形成如同大小階梯般，一階一階地遞變。

這類山區降雨，很大的一部分水氣，是來自水文的再三循環，也就是山地本身具有反覆多重的水循環，靠藉著大熱天太陽賦予的動力，造成急速的熱對流，上升遇冷復歸水滴降雨。因而山區通常在午後雷陣雨，是一大類在地型的水文現象。

七月十一日埔里盆地及低山邊緣，傍晚降雨停止後，夕陽復出，下午六點三十分左右，西天通紅，殘陽迴光，端視有無雲霧折射。

台灣的主體、本質及特徵是山，山是大地的褶皺，也就是大地的大腦化、思考化、生命化、進化化，應現出主體性、生命性，滋養多樣的生態系，而整體台灣正是個巨靈體。

我經常享受山的萬象，而植物是一根根吐納的毛髮，也是數不清的小宇宙。有知識的現代人動不動就談巨大抽象的聖嬰、反聖嬰（註：二〇二〇年殆屬於反聖嬰），不妨也可享受微細的天天大變遷。

神助

● 玉山的人面獅身山神

自然界中我有沒有遇過「靈異事件」？

當然很多，最多最大的不可勝數，自然本身就是超級「靈異」，只因為我們長期接受西方唯物思潮的影響，欠缺「法眼」洞燭而已。習以為常、理所當然及安逸，叫人看不見、聽不到，感沒有、受nothing，自然就思維遲滯，直觀、靈感也退化。

人在開啟所謂的法眼、天眼等名相的相對真切事實是，盡可能摒除動機或目的論的「自我」，隨順意識流動，但是，一偏執就成迷信。這裡，我很怕誤導別人，我盡量使用平常或常識可領會的案例及字詞。

我年輕時首登玉山，在山頂時，由東向西吹來一叢濃淡不一的白雲。我定睛一看，彷如人面獅身獸，而類女性的顏面妍美，柔挺的鼻樑，配上櫻桃小嘴，雙耳尖、獅身及四肢，活靈活現，且定位在玉山主稜東西不同氣流區的界面上。

境隨念轉，念由境啟；如果是利於眾生的念頭，在環境相對奇特的偶遇或巧合中，心念就容易連結或與境遇共鳴，這樣，大致上就是古人所謂的「感動天地」或「配天」等等，其實都沒啥「偉大」，只是自在、純真，於是，長年累聚的志氣、祈願、發願力之類的意識活動，很容易在無思考的當下，或無意識時，聯結或由外境現象應現而出。

於是，一個「意識我」變成那朵人面獅身雲，應現為山神，對「我意識」提出問題：「陳玉峯，你必須解答我三個問題，否則不准你『出山』，一、玉山所有植物的前世、今生及來世的境遇為何？二、玉山生界在時空變遷的原理或機制，三、你，以及人類的天責為何？……」

也就是說，我從一九七六年到一九八一年學習植物及植物生態學的許多方向困惑中，一九八一年十一月十五日在登玉山頂的當下，受到玉山當時總氛圍的感動、啟示，瞬間集結歷來的累積，且直觀整理出一生志業及其延展。最通俗的話：機會乃是留給有充分準備的人！或類似的話，無論從人際社會，乃至自然天地，本質上是同一回事。

我差強人意地完成對玉山山神的承諾之後（當然是對天地、對自己的交代），再上

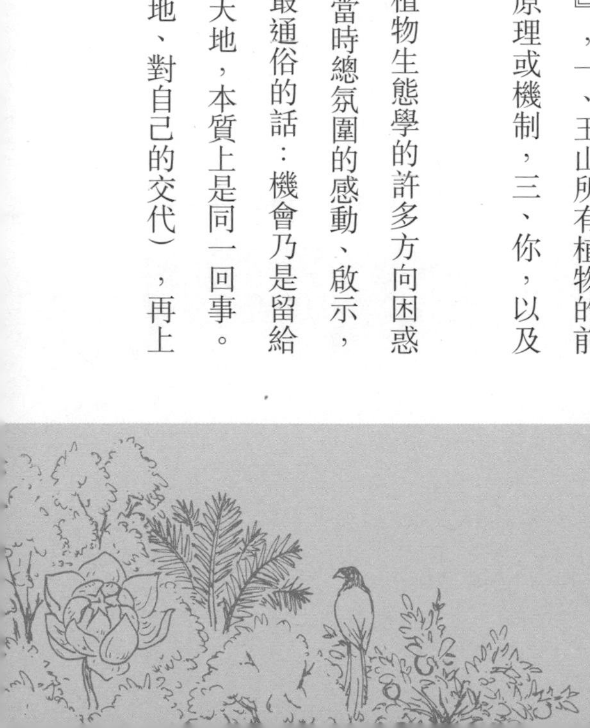

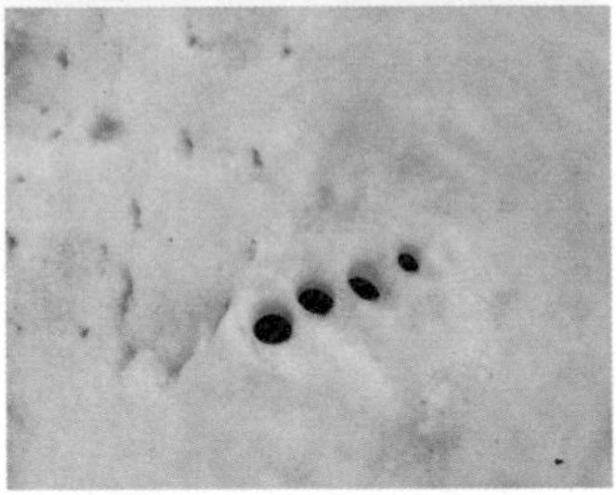

玉山三拜、三祈願，酹酒還願，下山時，我卻恍神，有違我在山中的常態，竟然在毫無意識的狀況下，俯身逢機地抓了一小塊岩片，也沒看一眼，只覺得在手中恰好盈握。我隨手丟進背包中，也忘了這事。

回到平地家中清理背包時，那石片滑了出來，一看，不禁溫暖了起來。這片石塊直的看是台灣形狀；橫的看，是玉山主峯及東峯的剖面。只能說是小小的神奇。

因為欠了玉山山神這塊神賜的小禮物，後來，跟隨ＭＩＴ再上玉山解說時，我攜帶故鄉北港撿拾的四個小石塊，在雪地的風口下，還贈玉山。

人與自己、人與人、人與社會或環境、人與抽象神明或一切時空萬象，最佳的關係，依我畢生的體悟，應該是全然對等，這就是我對自然禪法的定義。所謂全然對等，大概就是回歸意識本尊的無分別態。這面向或無面向的全面向而沒有任何面向的說法，讀者就不用去管我在說什麼了。

● 我與富士山的悄悄話

我勘查富士山頂的兩天是雨天。

第一天先到七合目過夜，隔天上山頂。

沿途都穿雨衣，過程及有趣的所見不談。

到達真正富士山最高的火山口時，毛毛雨加上漂移的陰雲天，只有極短促的偶而，下探幾線陽光。

我雙手合十，向著火山口禱告：

「富士山天地英靈！我叫陳玉峯，來自台灣，來此勘查、比對台灣生界與日本的境遇。懇請神靈賜予我幾秒鐘的無阻陽光，以便拍攝火山口的清明樣貌！」

說畢，端起相機。何其美妙地，整個火山口灑下來陽光，我按了五、六次快門，之後，旋又籠罩在霧雲當中。

我在自然界數十年來，類似這樣的，非因私利或單純祈願而得償的比例，算是很高。最近一次，二〇一九年七月底、八月初，重上玉山諸峯的調查，原本或每天的氣象報告或預報，都是全數槓龜的陰雨天，而我暗自向山神許願，過程中我心篤定。除了下山那天小雨之外，我只能說「有如神助」，同行也都讚嘆我們真的非常幸運。

一般來說，這無非是巧合，難以說成靈驗，而巧合的概率愈低，人們視為靈驗的心理成分便愈高。相對或近絕對的靈驗是超自然律的現象，我過往曾經介紹過印度修行者，之「可以改變別人的腦波活動」，製造別人如真的妄想，坊間此類的介紹，活靈活現的，不可勝數。而我一生對這等說辭，抱持安於不說有不說沒有的態度，因為感悟意識活動的內涵愈深入，當可瞭解「有或沒有」、「真或假」只是在特定囿限範圍的現象或有限的認知。

比較有趣的是，某寺院的住持看了我幾次在拍攝植物時，陽光被雲遮住，我依平常在拍攝時的自我解嘲：「太陽公公，拜託一下，借個光」，甚至偶而耐不住也會譁幹譙，十有六、七吧，陽光真的露臉讓我按下快門，害得住持直呼：「陳教授，你真的很殊勝！」我只能不好意思地偷笑。

基本上，上述小故事都不是坊間嗜談的「靈異事件」，而比較接近希臘神話中，雕刻家畢馬龍（Pygmalion）的故事。他雕出了一尊完美的女雕像，然後瘋狂地愛上他的雕像，最後跑去找維納斯女神成全他，賦予雕像生命。於是，後世延伸他的故事，成為一詞「畢馬龍效應」（Pygmalion effect），意指對某事物有所強烈的期望，則該期望值終將發生。台灣人也有近似的用詞：「心誠則靈」、「心想事成」，但我前面談的，卻強調非私欲私利的成分，儘管很難區分。

見鬼

台灣人談靈異，大多指向鬼、神之類的無形；到了人煙稀少、野動較多的山林，人氣、鬼神、神氣少了太多，就蛻變成為「魔神仔」；而山林工作者偶因疲勞、恍神、識覺衰弱而迷路，甚至出現許多不斷變化的幻象，是謂「㧯山」，「㧯」台語讀如「gông」，如同眩暈，而在穿梭林野時，龐多枝幹也可能看成妖魔鬼怪張牙舞爪。

台灣文化內涵中，許多概念也跟生態環境的特徵大相逕庭，例如陽性樹種的榕樹、茄苳等，都被說成「屬陰」，不宜靠近居家之類的鬼話。榕屬植物的氣生根，被聯想成妖魔幻變、糾纏不清、陰魂不散等等，白色乳汁更容易被幻想成為不堪的比喻，而茄苳血紅色的樹汁液，直接「血淋淋」地，被聯結成為恐怖的幻象畫面。反正，「一個影生三個囝」。

除了歷史文化的背景、不思不想的慣習、寧可信其有不可信其無的迷信，或歷來口傳的耳濡目染，或其他種種理由之外，還有的，寫在基因程式內裡，而且，在人類文化形式中，變化最緩慢的，是宗教或形上的部分。任意舉例，台灣從一九六〇年代迄今，社會價值觀歷經至少五大次劇變（註：我從千禧年之後的演講、撰文，反覆申述，在此不贅述），包括性別、生活種種皆已劇轉，然而，三十多年來，我反覆非正式調查各班我所授課的學生，我問：相信有神的人舉手，我記下數字；接著問：相信有鬼的人舉手，一樣記數。結果，「數十年如一日」，相信有鬼的人數恆多於相信有神的！接著，我要求那些相信有鬼卻不相信有神的人說出為什麼？迄今這類人絕大多數答不上來。

所謂的偏鄉，對神鬼的「恐懼」又特別嚴重而不對等。我故鄉人，特別是老輩的婦女。記得我三舅媽很忌諱提及「死」字。有次，大約是我初中二年級吧？我不知在什麼情況下說句跟死亡有關的話，三舅媽勃然大怒，對我破口大罵：

「你這支屎杯嘴！……」

因為罵得太過火，忽然我大聲回擊：

「你叫什麼叫！如果我說『死』你就會『死』，你也可以相信我叫你『活』，你也可以『活』回來啊！」

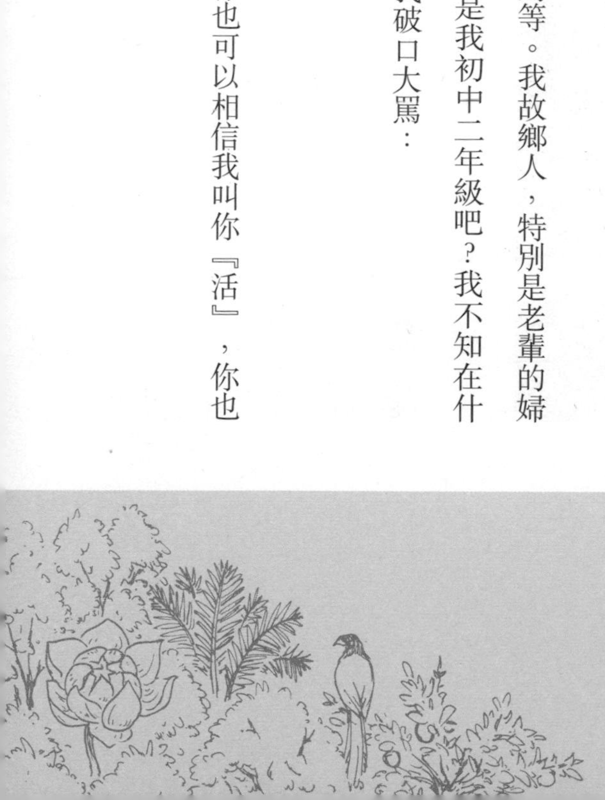

經我這麼一吼，她楞住了一會兒，啞口無言悻悻然離開。

鬼、神不也是二元對立的觀念嗎？不，對一般台灣人而言，鬼顯然重於神！

奇怪的是，我在山林超過四十五年，別人老是「見鬼」，我則常常「見神」。不管鬼神，我始終都覺得祂們對我都很友善。

一九八五年，我任職玉山國家公園管理處，有位粗獷的山嶽攝影師，已故老朋友阮榮助先生，跟我上秀姑巒山。有天，我們在白洋金礦紮營，不知何事，我找不到他。

後來，我隱約聽到有吼聲，我尋聲在一處轉角懸崖邊，看到他對著空谷誶幹譙：

「幹XX！駛XX！幹你XXXXX！」

我叫他：「阮吔、阮吔！你是咧起痟呢？！你咧誶啥仔？」

他轉身對我說：「嘸啦，這裡有歹物仔，我愛佮誶誶咧，鬼仔最怕誶幹譙！我已經徹底幹譙過了，今夜會很平安！」

那是我第一次，也是最後一次聽說山中鬼怪最怕誶幹譙。

你可以用「壯膽自己」去解釋，可以說成鬼怕陽剛之氣，隨便啦，然而，我只記錄有此一說，也親眼目睹。

阮先生有許多山中趣聞，不表。他拍的山景很氣概。

自證悟

靈異不只是鬼神的專利，活人、植物或許多生物也會示現，只是人們無感或忽略而已，我所遇見的植物靈驗現象卻很可愛。

◉茄苳王公的題字

二〇一三年台中市中港路市中心的「後壠仔」茄苳公老樹，就與我有段神奇的因緣。該茄苳公老樹面臨興建大樓的危機，在地鄰里長、社區及環保人士等發起搶救運動，我無動於衷，我想都會中老樹自有太多在地鄉親奧援，毋庸我操心。奇怪的是，聽說該里里長堅持一定得找我，且透過學生多次來邀約。

六月三日我依約前去勘查，大致記錄所見及我的重點看法之後，午後約一時半，我恰好走近到主幹旁，我一抬頭上望，竟然看見離地二公尺多的主幹，樹皮上被雕刻著我的名字：「玉峯」二字。當下第一個念頭，一定有人惡作劇或用心良苦，想要讓我介入營救而蓄意刻字吧？

我爬高些看個清楚，也以手指去撫摸，現場無論怎麼檢視，毫無疑問是天然浮現的。我喚請別人檢驗，一樣認定是自然，絕非人為。

我在樹下仔細端詳，大約有四、五分鐘時程，稍微斜射的陽光正好穿經樹冠的小空隙，直接照射在那兩個字上，不到十分鐘內，該部位即處於樹冠葉的陰影中，看不出浮字了。

怎麼那麼恰巧，陽光穿洞的時刻，我正好走到樹幹旁且抬頭第一眼即瞧見！我當下絲毫也沒有驚訝，沒有特別的感覺。我走到樹下的「茄苳王公」小祠內，朝向那尊臉部綠色的，代表這株老樹的神尊問候：

「好啦！茄苳王公！您既然都題字指定要我幫忙，我會盡力啦！」

此前，恰好我在二〇〇九年一、二月間前往印尼的蘇門答臘，應邀去「搶救」熱帶雨林，在赤道附近勘調了茄苳高大樹體的原型，從而認為台灣的茄苳，應該是在最後一次大冰河期期間，或之後的某段時程內，經由陸橋或鳥類傳播，從東南亞一帶來到台灣，且在台灣，以大約八千年的進程，演化為台灣低山亞熱帶雨林在局部溪谷地或下坡段，形成散生或小面積的純林。最厲害的特徵是，台灣的茄苳，因應台灣低山的環境條件，從東南亞長得很高大的樹形，突變成為樹冠幅橫向發展的生活型。我想颱風及季節盛行風向遠大於其原鄉，是演化

的關鍵機制。

而我長年野調的經驗，以及歷來關於茄苳的研究成果，足以讓我為茄苳整理出百科全書型的總報告，提供保護這株老樹的學理依據。

我花了大約半個月的時日，撰寫了〈茄苳三部曲〉及其他，並參與「搶救」運動（詳見拙作《私房菜》188-288頁，2014，前衛出版社），此間過程不贅述，總之，茄苳公就保護下來了。

二〇一三年六月二十三日，我攜帶撰寫的完稿，向茄苳王公祭拜，我向祂說：「茄茎王公啊！我的任務差不多已完成囉，剩下來的，您得自行發威喔！」我把一份報告燒給祂。

茄茎王公完全底定留存而該地不開發，是在隔年。

我覺得很有意思的是，我在壯年時期「搶救」台灣的原始山林，從來皆是義憤填膺、慷慨激昂，劇烈的程度甚至打算自焚，然而，協助這株老樹的歷程卻是輕鬆祥和、談笑用兵。大概是因為這株樹的精靈（大概是藥叉吧？）很神、很靈驗，祂本身即足以自救；而題字「顯靈」，可能祂知道我可以為祂寫出祂的前世、今生，且當時政治及社會狀況，我恰好可以充當畫龍點睛的角色扮演吧！

新情也綿綿

◉茄苳的身教

說起茄苳，必定是我某一世的情人吧？可是，它是雌雄異株，我說的「情」人，只是強調因緣綿長，我認定的「情」字，偏向「心中長青」，永遠生機旺盛、鬥志高昂而情義相挺。

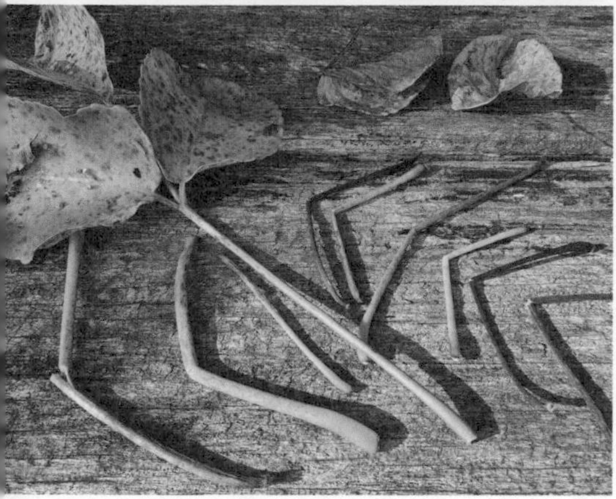

小時候我就讀故鄉北港的南陽國小。記憶中，我們小朋友常會撿拾掉在地上，有一種長長的葉柄，然後彼此將葉柄交叉成X

形，用力一扯，看看誰手中的柄斷掉了？沒斷掉的勝方，繼續以該葉柄跟人比賽，直到斷掉。

我們努力地去找尋最堅韌的葉柄。我們都知道，剛掉下來新鮮的落葉柄，飽滿、圓潤、多汁，卻是最脆弱，一扯即斷；我們都會找那種較乾癟，卻堅韌厚實的。我們樂此不疲，就是要找到一根堅忍不拔的葉柄，即令贏了多回，我們也知道，很快地，再怎麼堅強的「王」，也會斷掉。沒有人知道，贏了有什麼好處，只是瞬間的歡呼。

不確定是否茄苳公給予小孩子無言的「身教」，也不曉得這樣是不是自然的教化？我們都知道「眼見不一定為真」，經驗也常槓龜，所有形象都很容易滑動。我們究竟在找什麼究竟？秋天故鄉常是滿滿的陰天，我們的答案就寫在茫茫的天上。

◉茄苳老樹的戀情

二〇〇九年八八災變的幾個月前，有天，我在台21公路（註：即今之台29公路）的楠梓仙溪支流調查植被。

就在公路旁的溪溝側，有株老茄苳樹，其周圍算是演替較完整的次生林，所以我設置樣區進行調查。

正當我以皮尺圍抱老茄苳量胸圍時，我看見公路上有位老阿嬤，跨騎著一部「小綿羊」（機車）從旁經過。她一直盯著我看，看得我為她捏把冷汗：「歐巴桑！小心看路喔！不要掉到溪溝啊！」她沒理會，甚至還回頭看我。

她前行約百公尺，停車，且調頭騎到我跟前，開始跟我談這株老茄苳。

她說了老半天，我搞不懂她在說什麼。我是在工作，甚至厭煩她的磨蹭。

後來，我終於弄清楚怎麼一回事。

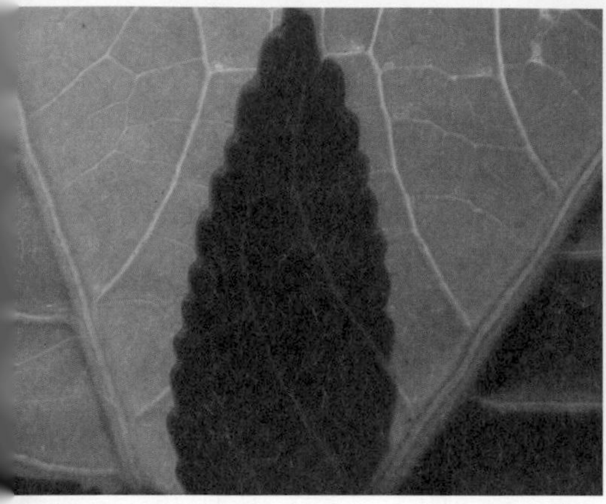

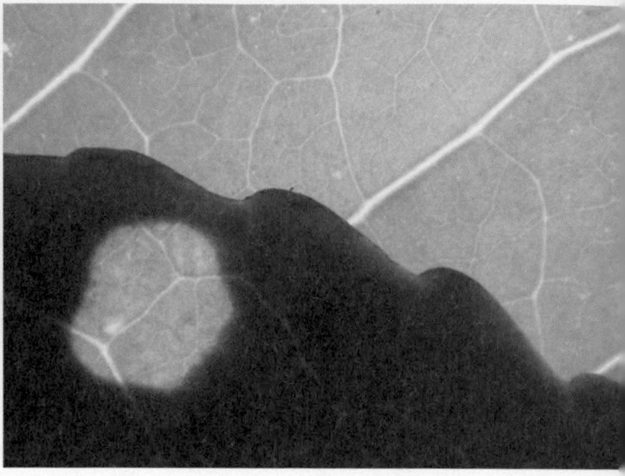

茄苳嗜濕。茄苳成林或大樹下，常有地下水或湧泉，而我在調查的這株巨木，幹基旁有出冒的泉水。這正是台灣早期移民拓殖的地名，常出現「茄苳腳」、「上茄苳」、「下茄苳」等等小聚落名稱的原因，因為定居其地的先決條件之一，即覓得穩定的水源，而茄苳往往是地下水的指標，先民懂得下挖一探。

水源指標樹在台灣最有名的，大概首推茄苳。在中國，殆如水柳。所以左宗棠帶兵打新疆，先差人種柳樹，柳樹長得好的地方，很可能有地下水源，畢竟行軍沒水是個大問題。

回阿婆的故事。

原來，阿婆是附近窮人家的孩子，七、八歲即負責一家人洗衣服的工作。她每天一早，提著衣籃來到這株茄苳樹下搗衣洗淨。她洗了十幾年，直到結婚。

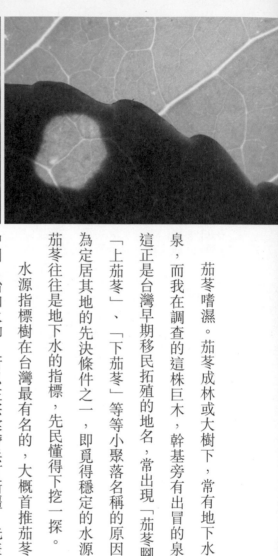

我終於明白她為什麼騎車盯著我看，更在車行百公尺之後，回頭跟我話茄苳。

讀者不妨想像，從小女生，經懷春少女，乃至婚配，一生最是浪漫情懷的灰姑娘，數不清的心緒，化作清濁漣漪了無痕跡，她自言自語，若有對象，唯獨這株茄苳傾聽、陪伴！

這樣的人樹情，很可能終其一生無人知曉或分享。而就在這天，她看見我「擁抱著」她的春天，拚老命也得過來一遣悲懷啊！我把她的故事編在人地情感項下講述，那是我演講土地倫理的一環節。

有時候我也會想起我在南橫東段，新武呂溪畔調查到生平唯一調查過的茄苳純林時，何其雀躍、滿心歡喜。偏偏撕肝裂肺的不幸發生了！南橫工程單位為了莫名其妙的理由，剷除了我記憶中唯一的天然純林，架設了水泥鋼筋駁崁，那群茄苳老少的慘叫聲浪，迄今傳達到太平洋上，永遠哭泣的海濤，而恆無人知曉。

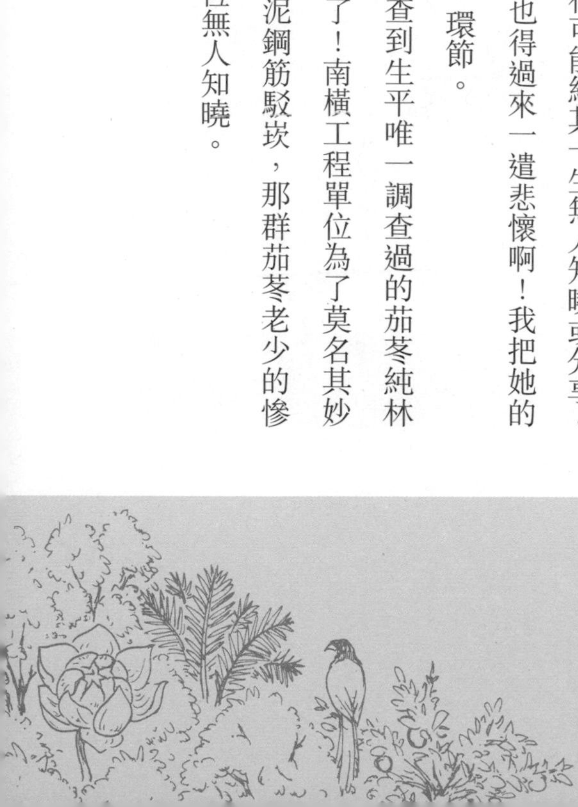

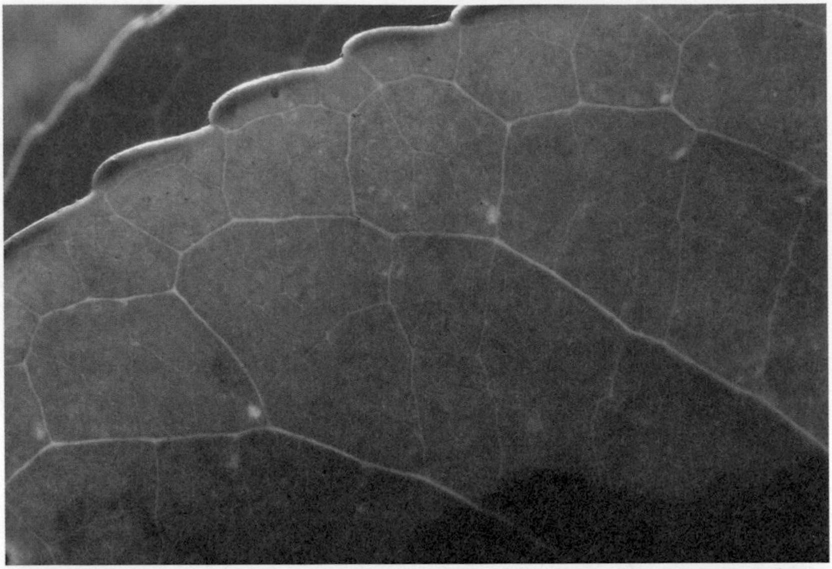

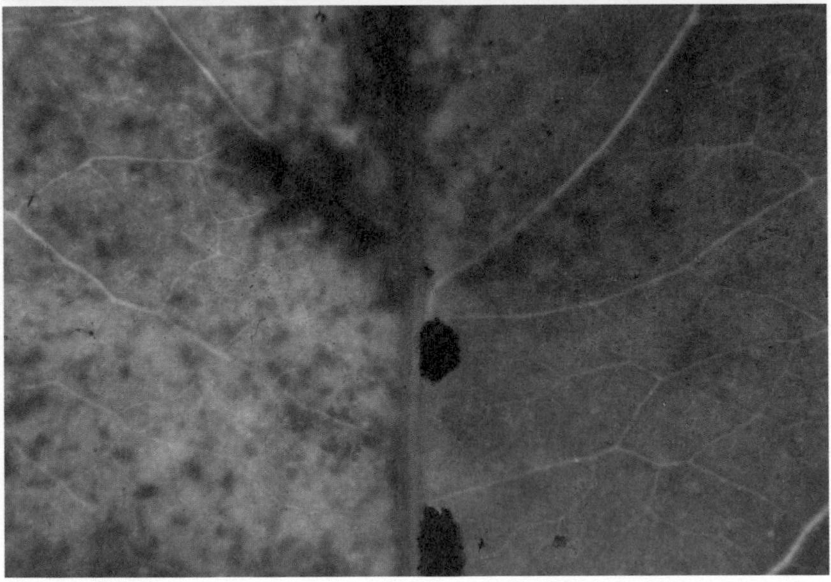

真心話大冒險

已故國府治台後第一、二代植被生態學家柳榗教授，在一九八三年秋天的有天，很興奮地叫住我：

「陳玉峯！來！我告訴你，我終於知道台灣紅檜的母樹，為何死掉的原因了；你知道嗎？」

並不老的老教授一頭銀髮，人長的斯文帥酷，對我一向很慈祥。他問的問題是這樣的，台灣在伐檜營林的時代，要砍伐某些林班前，會依林區等未來造林的採種需要，依若干原則，保留一些目視基因較佳的檜木（依據木材生產的標準，而非生態），提供日後生產種子之用，是謂母樹；若是保留較多株母樹，特定範

圍內就叫母樹林。

伐木前後，盡可能不會損傷擇定的母樹，照理說，這些母樹當然可以繼續健康地活下去以終天年。然而，奇怪的事情發生了，沒幾年，許多母樹「無緣無故」就死了！於是研究人員們想要找原因，好多年過去了，也無疾而終，而柳教授宣稱他知道了，我回：「願聞其詳。」

柳教授面帶微笑，很堅定地說：

「因為寂寞而死！」

瞬間我也「懂」了。

當下我揣摩（註：一、二十年後，我才確定檜木在台灣百萬年以上的生死

戀，以及其演化上的奧妙），從檜苗的發生，群體之與地體環境、個體之與個體、不同物種之間，在成長進程中的變遷、競合，好不容易歷經百、千年的環境變動及數不清的壓力或考驗，它們手牽手、根系交相透過菌絲等等傾訴或交換物質或「資訊」，互相加持而「心連心」地蔚為巨木林，絕非一個化約概念「演替」所能盡意。然而，當巨木林生態系被摧毀，系統運作被中斷，獨留零散幾株所謂的母樹，各類型系統循環、個體與個體之間、個體與環境之間的動態關係，被摧毀得七零八落，遺留的個體植株孤零零地、「赤裸裸」地面對「景物全非」的外在環境壓力，劇烈地打亂、中斷植株生理的平衡穩態運作，各種已知、不知、未知的交互關係全然改觀，大氣中瀰漫殘肢斷臂、血肉橫陳所散發出來的「血腥」（人們之謂芳香的精油分子味道），浸染在「哀傷、孤苦」境遇下的檜木母樹「抑鬱」以終，是謂「立槁而死」！

理性、科學的語言符號無法表述，就連疫病而死的樹木，病理方面迄今還在爭吵：是樹體先衰弱、傷殘之後，菌類、昆蟲等，或微生物才入侵致死，或樹先死了，菌種才活躍，抑或菌種入侵，樹體才由病而死？

柳教授感知的，偏向「無疾」而死的植株，找不出病癥的死亡案例？千禧年之後，

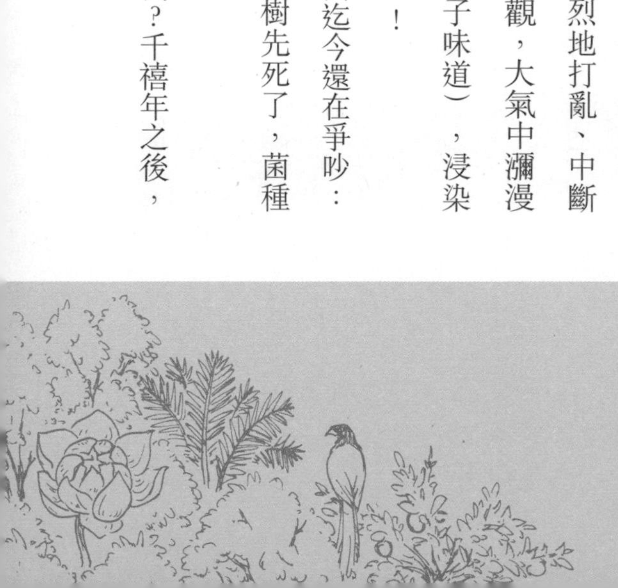

我曾經陪同監察委員、植病專家在中部山區勘調樹木（包括天然及人造林木）的顯著條狀、塊斑林地的死亡案件，一個顯著的表象，死亡植株彼此間似乎都在根系可及的範圍內，我懷疑亡者很可能相互「感染」，或自殺也有感染性？而且，為何是同一樹種，而非一片林子的許多不同物種暴斃？然後，病理學家又強調是樹先死，而後疾病上樹？

討論的意義太低了，畢竟在地表之下，好幾十、百、千、萬倍複雜的微生物系統人們幾乎一無所知，過往溫帶文化的機械化約論又長期霸凌非邏輯或困思邏輯的天地，我不想依理性去思辨非理性的領域，我隱約可感可識植物不是人眼所見的植物，不是擬人化移情作用的聯想所能表述，雖然這樣做最容易博取人們的廉價濫情或關切，偏偏有時候我也只能從人的情識去形容，如同本文。

經過大半輩子在台灣山林的學理思考也好，情感的浸染也罷，如今，我不再欣賞科學以管窺天模式的「證據確鑿」，也不認為機械論的大數據可以代替生命或生機。我寧可在心靈向度留白，而可以接納更大的可能，包括不可能。

在這裡我也要散漫地說，生態的浪漫必須具足數十、百萬年的動態交互聯結，才較有可能打開意識底層的天眼，去窺見造化在時空流變的結構性議題。我只是以四十五

年的台灣山林情，經驗與直觀難分的隱約中，從五岳三尖頂到千餘公里的海岸線的一步一腳印，感受到植物界的演化主要路徑，是從赤道熱帶，朝向兩極緩慢地推進。溫寒帶的時空隧道顯然較淺；熱帶雨林的演化厚度很深，兩相對照，溫帶走直線而單純；熱帶採無窮曲線而幻變。溫帶偏理；熱帶情濃，物種或生態相關，極致，理性則嚴重跛腳，即便近數十年的研究成果純粹依理性而論述。

我的深層憂傷在於台灣低山系已然腐敗蝕解中。自然界已經失去自我療傷的能力，而朝異形病變發展，絕非只是「寂寞而死」，成熟雨林的死亡帶有龐大無比的地怨！若依氣場、古人神秘主義式的語言，不妨可以說成怨魂極多，沖煞之凶已經直接影響到人世間的發展。

一九九〇年我視為生界走向不可逆的分水嶺，一九九〇年代土石流及地震等劫難達到一小高峯；千禧年迄今二十年間則走向潛伏期，今後有可能是大地真正的大反撲的另一高峯期。不只是台灣，而是全球同體的此起彼落。

大自然的話語

二〇二〇年二月中旬，草木連袂開花；下旬，白粉蝶開始湧現。

數十年來我記錄著植物所謂的物候，也就是年週期植物生長的現象，之與節氣、日程的相關。而台灣殆自一九九〇年以降，氣候變遷或暖化的影響開始顯著，植物的初葉、花果期乃至落葉的節奏多亂了分寸，許多物種的生理週期大走調，而我始終搞不清楚，動物、昆蟲如何神通廣大，硬是有辦法配合花果期，提前或延後其大量出現？例如說，二〇二〇年春花盛花期提前十天來報到，奇怪的是，白粉蝶也提前十天來吸花蜜，是植物通知它們提前報到？還是氣溫等環境因子刺激它們提早孵化或蛻變？照理說，食物鏈的啟動取決於環境因子刺激植物的物候變化，但植物物候的劇烈震盪又如何影響動物？

二〇一九至二〇二〇年的冬季改變了大冠鷲的進食行為，我池塘中二、三百條魚被大冠鷲吃掉了大約一百條，而二〇二〇年二月中旬之後，大冠鷲就不再盤旋在我池塘

的上空。

二〇一九年十二月之前，我餵魚時，魚兒都迫不及待搶食剛拋下水面的飼料，二〇二〇年一月起，魚兒都等我離開後，才敢浮上來搶吃。我得注意大冠鷲的「驚嚇作用」足以維持多久的時日？等我登錄後，是否也可證明魚兒的「記憶力」有多長？

二〇二〇年二月二十六日，我散漫地觀賞植物物語，年度的白粉蝶

祭已開張。去年荒地上大面積的大花咸豐草成片枯

乾後，二月上旬，又大量地從老枯株基部萌長側新枝，且在下旬盛放花海，然而白粉蝶並非頂喜歡它們，而紫花霍香薊就是利用大花咸豐草的枯乾季，大約從元月萌發，且在元月下旬開始開花，到了二月下旬則為盛花期，估計可延展到四月。

幾個世紀以來人們敘述、強調，隨著時間進行，空荒地上開始長草，然後灌、喬木等等出現，數十、百年後形成各階段的森林，各階段及特定階段中，物種大車拚，八仙過海、各顯神通，各自憑藉本事，力圖生存、繁衍。然而，我不能否定這樣的事實，但我的解讀可有多方面向，或忘了有何特定角度。

多次我凝視著漸次枯乾的大花咸豐草大面積荒草地，不是因為氣溫下降，而是取決於年度旱季，以及它們自身的生理遺傳。但是，說水分梯度，也只是人們為了「合理或相關」的偏見，二〇二〇年二月沒見幾絲落雨，塞不了泥土中微生物的嘴巴，植物的根毛又只能憑藉滲透壓喝水，及至二月底，是愈見饑渴，日月潭堆疊的石蛙早已躍出水面報急，偏偏元月份起，大花咸豐草枯莖下部大量繁長新側枝，在上段枯莖枝尚未掉落的二月，吐展粉蝶們的春花盛宴。

貌似凶悍，搶起地盤毫不留餘地的大花咸豐草也有禮讓的雅量，在它們不及原高度一半的矮側枝旁，紫花霍香薊拔地挺高超越，掌握優勢的直射陽光，吐露繁星般的頭團花序，紫豔得誇張。你可以說它們利用季節的空檔，可以賦予有點驕傲的字眼「生態區位」的分化，也可以不說什麼，所以我重複一次說，這是植物們的禮讓、互補。它們在數十年來的天演市場上，彼此業已和解。

我相信、虔信各物種的對話，是優雅的極致！我永遠不解，明明「上主所造」富含的意義一層一層永遠出新、出奇、出色，綿密伸透世界的盡頭之外，為何人們要獨尊「競爭」?!

乾溪物語

●霍香薊的遐思

一花一草何止一世界？當我凝視著一株草花或任何植物體，儘管我可以挖開它的根系、解剖它的花果，依據十八世紀以來，古典植物分類學的描述典範，從根、莖、葉、花、果實、種子、形相及形態，從解剖顯微鏡到電子顯微鏡，從植物生理到生態，乃至其與動物、其他植物，或十方已知、已描述的種種記錄或報告，去認知某種植物、某株植物，我的所「知」幾乎還是一無所知。

我真服了人們以一無所知代替無知而自以為知。我不是要玩弄抽象的認識論，可是，光是形式、形態、感官識覺的描述就讓我精疲力竭。我很清楚包括自己曾經撰寫的，個別植物種的「百科全書型」的敘述，我從對台灣植物的文獻收集中，找出每一物種從採集，經首度命名、學名變遷、型態、生理、生態、應用、病蟲害、文化植物學，舉凡相關於該物種的資訊總整理之後，我只能說，我們對絕大部分的台灣植物不止於

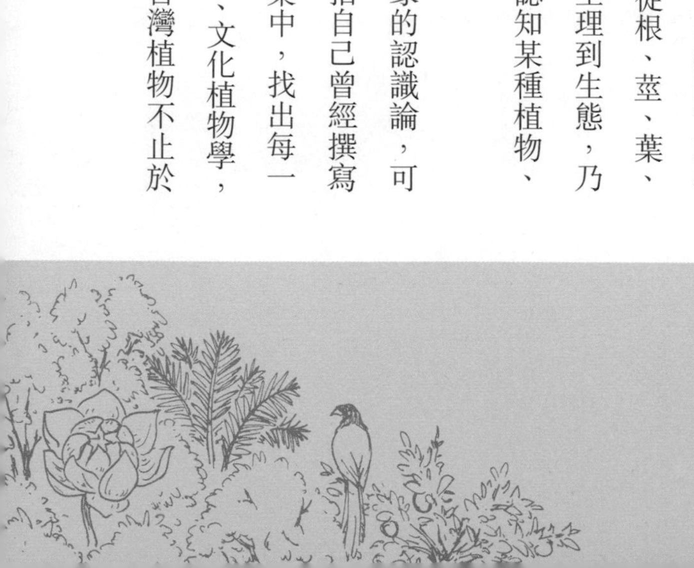

一無所知，遑論我對「知」本身的無知。

然而，唯物自然科學的認知之外，還有種種的感知、感受、感悟等直覺，以及唯心、唯物以上的無知及可知。

我對紫花霍香薊及白花霍香薊，在「認識」它們的四十五年後，我開始真正的一無所知，因為以前，除了大一的認識植物以來，總是覺得一眼便知，不用浪費時間去看這些雜草，所以未曾仔細地觀察，充其量可以解說：紫花與白花霍香薊的差別，第一，當然是花的顏色截然不同；第二，紫花的莖常常帶有褐色，而白花者淡青綠，

也很容易區別。

二〇二〇年春，我已老眼昏花。門口的紫花霍香薊突然猛爆盛花，美得暈眩。而一堆紫花中，常會看見夾雜著一、二株白花。我凝視著它們，直覺上，紫花、白花是同一種，而花色的差異並非多倍體的關係，也不是顯性、隱性的問題。我不想找研究報告，而一開始我挖出「同一叢」的紫花及白花，看看是否兩者同株？

我把根系的泥土洗淨後，紫花與白花的植株分離，明確地區分為不同株。我只是想說，能否馬上找出同株而開出不同花枝者。

二〇二〇年三月十一日，楊國禎教授在路邊看到一小叢白花花序很小的類似白花霍香薊者，也是長在紫花霍香薊旁側，我們都不懂是何方物種。

我總會想，如果我們連人際間無謂的閒話都在乎，為什麼不會在意天文無窮的奇蹟、地表天文數字的萬象、身旁每一株的綠色精靈，或任何一隻昆蟲或動物？每個人都有許多答案或無厘頭的嘴皮耍，都無所謂或有所謂。我只知道，每一項大大小小的事物或現象，都是一道道的天門，走得進去，就是一條條奇妙的無門關。冥思也好、觀想也罷，光想「自己」是件很可怕的陷阱。

◉春天的社會——季節的容顏

溫帶國家四季分明，春花、夏葉、秋紅、冬雪，相對單純、一致、數大，對比強烈；

熱帶、亞熱帶的植物一樣換妝，只是連續、嬗遞、無縫接軌，乍看且整體一看，狀似不想變臉。事實不然。

台灣號稱是綠色海洋的國度，海中永遠存有永續洋流、湧升循環潮；海面那怕是「風平浪靜」，一樣魚鱗銀浪無窮翻滾、跳躍，一心只想充當整個宇宙所有星辰的魔鏡。每片綠葉都是浪花；每條枝幹都是洋流；維管束到根毛，流動著種種暗潮，而且，不時湧現色彩的長、短浪，整年一股股、一段段、一塊塊，推陳布新。

除了林冠、樹梢上下翻滾的春芽、枯葉，春季的容顏，鋪陳在地表、路邊、田埂、屋緣、地磚間隙，老舊破落的花盆上。

乾溪流域的小路旁、新崩積的砂土上，以及林緣，甚至水泥地塵土堆積處，紫花霍香薊的族群，一頭頭紫焰，溫柔地燎原，偶而，「假紫花霍香薊」的貓腥草竟然也魚目混珠。像貓腥味的草也是外來，一九九九年才被故友彭鏡毅博士在台北石門採鑑，但當時尚未發表為新記錄。二〇〇一年春，貓腥草南進到台中海岸。將近二十年間，貓的足跡輕悄悄地，一、二個肉墊印，走過乾溪畔。

◉初崩地的社群

乾溪畔的階梯田園，有一狀似侵蝕大溝的初崩凹陷地，紫花霍香薊族群搶得第一波次演替的機先，蔚為中等體型的草本社會，我調查了一個五乘十平方公尺的樣區，單層次，高度零點六公尺以下，總覆蓋度約百分之八十。

紫花當然是領導優勢種，且按照尋常「慣例」，混生了約一成的白花。其他數量稍多的伴生種有小花蔓澤蘭、細葉蓼、克非亞草、大花咸豐草；少量的，如蓮子草、紫背草、山葛、水竹葉、鼠尾粟、大青、鼠麴舅、刺蓼、細葉水丁香、密毛小毛蕨、昭和草、菁芳草等。

這樣區發展到夏、秋兩季，有可能轉變成「大花咸豐草社會」，但所在地較潮濕，水竹葉、細葉水丁香等物種，大致上就是潤濕地的指標。

這些狀似反覆的地文記事有什麼意義？青蛙記得、蚯蚓知道，還有我的生命的一段呼與吸，牢牢地烙印在這片地土，形成草根的滋養。不需等待，時程一到，自然會有一片花海歌唱。

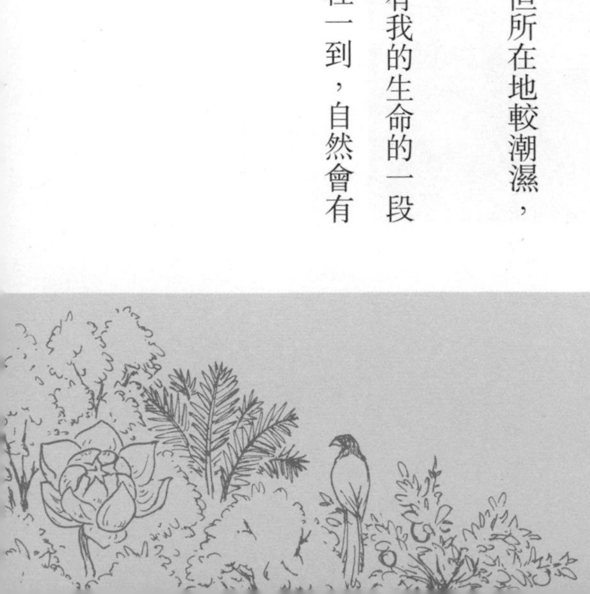

半天一塊碗，雨來沃未滿

◉從一株龍眼樹說起

投68山路入口處左上側，闢有水泥廣場及土地公祠。以地面居高，山路在下，外地人行車路過，通常是不會注意到有此祠堂。

小祠背倚一個小山頭，山頭在這裡是看不到的，我只能從地圖上說，山頭先向東延展，再往南縱走。這條小稜，正是北山坑溪與東側春粿坑溪的分水嶺，而投68山路，就是從北山坑溪流域，翻轉到春粿坑溪的集水區系。因此，土地公祠就位在南向陡坡的中段，地屬於陽旱。我在野調授課，多會向學員們強調，台灣的山系山坡，坡向很重要，畢竟北半球的台灣山

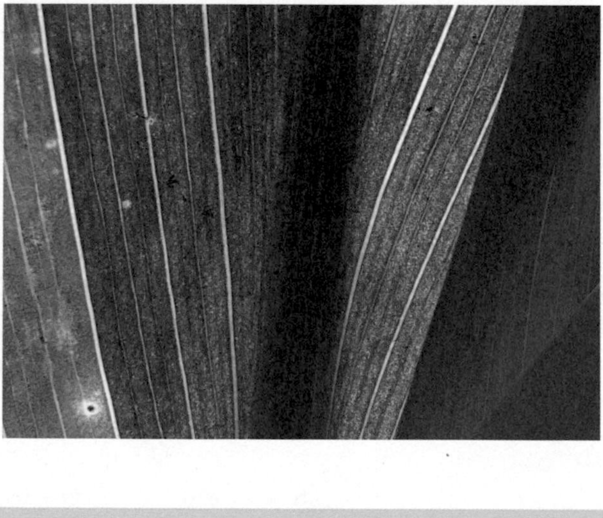

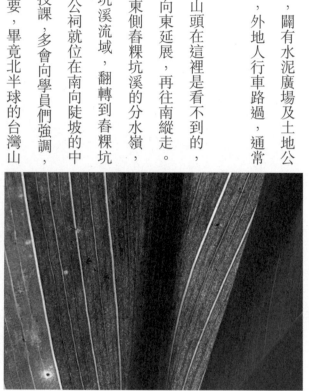

區，南、北坡向是植物的異國度。68山路註定的，是要從陽地走向陰坡。

土地公祠的西側土壠上，有株龍眼樹；東後側，兀立著一株鳥類排遺長出的榕樹，我不由得讚嘆土地公真的比人會種樹，因為這兩株左、右護法，恰好是整個坡地小區中，最能保濕且提供較大樹蔭者，其他整片林子，展現的，是旱地乾瘠的林相，容貌張顯燥熱、浮動。

龍眼樹不高，胸徑也不大，可是在此旱地，生長速率受到壓抑，我認為樹齡應當不少於四十年。

矮龍眼撐出了一把大傘蓋，傘蓋下，二、三公尺高的樹幹上，獨排眾議，奇蹟似地，攀附了滿滿翠綠的羊齒，相對的，同樣綠傘蓋、厚遮蔭的榕樹上，卻一株附生植物都沒有，背後乾燥的林相當然也沒有附生植物棲住其上。

如果說山川地理存有所謂龍穴、寶穴，一株樹游走的枝幹上，必然也會分化出好壞的生態區位，這是由樹體不同段落不同的微環境，在光照強度、大氣濕度、受風強度之不同組合，因子彌補之後，調理、分化出來不同樓層的各異價格。還有一項我認為更重要的，龍眼樹幹的直徑，以及連鎖相關的，樹皮龜裂的寬度及深度必須足夠，以

便可以蓄積水分與塵埃，形成附生植物的溫床。樓層之外，室內容積大小及裝潢格局等，必也是房價的一部分；光滑多乳汁的榕樹幹，很少看見附生植物吧。

◉房客

附生在龍眼樹幹、粗枝的蕨類植物至少有四種，高度約介於離地二至四公尺之間。

顯著的長條葉片是星蕨，大概是因為孢子囊群，點點密布在葉背，有如滿天繁星而得名；一回羽裂的葉片是槲蕨；小型粗厚葉是抱樹石葦；另一種是海洲骨碎補。

直覺告訴我，這幾年間，是這群房客活得最美妙、最燦爛的時段。生、住、滅誠然守恆；凝視著它們，彷彿

龍眼樹不見了！

歷來我在解說附生植物（或譯著生植物，epiphyte）時，老是從脫離恆定環境的土壤、地中，到挺空的生活型，大氣中的濕度是最重要的限制因子談起，附生植物的存在與否，以及其數量多寡，反映該地的濕潤指標，云云。

然而，聽眾的反應頻常關切在：房客那麼多，會不會傷害或危及房東，乍看之下，房客又不繳房租？

後文明時代的人們，關於人與環境的議題，似乎只偏重在人際關係，甚至於是一切問題的關鍵。

一九八〇年代有次，我在神木林道撿到一大叢崖薑蕨，它伴同它所附生的粗大枝條，貫摔下來，房東「老死」，長年「房客」一併掉落。

那是一叢超大的微生態系，我在現場搬動時，估計超過二十公斤重！我把枯枝褐葉，以及像似巨大虎頭蜂窩的根莖團去除了大約一半，過程中跑出來了十幾隻蜈蚣、多隻蚯蚓、數不清的螞蟻（可能有多種）、各式各樣我不認識的昆蟲或其幼蟲，而腐植土的類型、顏色、顆粒大小、質地，不一而足。

也就是說，半空中的一叢附生植物，在樹木枝幹上，經由二、三十年（?），伴隨著它的生長，營造出一個豐富多樣物種的小型生態系，具足非常複雜的微生育地的分化與共生的合作關係，而共組動、植物的小群聚，隨著每天日出、日落、星辰、霜寒、晴雨、高低溫、氣流變化、季節、特定環境因子的異常與有常，進行著各物種及生育棲地的互動與流變，而該崖薑蕨長成直徑大約二公尺半的大叢團。

在我撿拾的幾天前，它所附生的粗枝條枯死很久後，突然墜落；整團空中生態系落地後，依然維持原先的生活型，然而，移位之後的崖薑蕨及其根莖系的小型生態群，必然隨著時間，慢慢瓦解與各自散去。

我處理得稍微整齊乾淨，且將一叢分解為兩叢之後，帶回台中家庭院，使用兩大花盆，仿照附生狀分別栽植，其中一盆，被一位朋友要去台北栽植，留在我家的那盆，足足又活了將近二十一年，但是，它的根莖系，從未再恢復原先的榮景，因為它已經脫離了老家——原始森林大生態系。

歐美生態學者研究美洲的熱帶雨林，宣稱美洲熱帶雨林的附生植物以蘭花及蕨類為大宗，然而，最有名氣的附生植物集團被暱稱為「螞蟻花園」，它們是由螞蟻所經營，包括美洲特徵的鳳梨科附生植物群團。相對的，非洲及澳洲的熱帶雨林中，附生植物很不發達或貧乏，最主要的環境條件是降雨較少、大氣濕度不足之所致。

台灣的檜木霧林帶由於終年大氣甚為潮濕，樹上的附生植物極為發達。我在《台灣植被誌第六卷：闊葉林（二）下冊》514-517頁，特別介紹了阿里山附生植物的生態解說。其中，我計算了一株紅檜樹上，附生植物高達五十多種！我前往印尼蘇門答臘「搶救」熱帶雨林回台後，寫了《前進雨林》一書，對附生植物也稍加著墨（該書116-127

頁），然而，附生植物對我而言，只能算是尚未好好觀察或研究的大謎團。

對我來說，附生植物相當於精靈或印度文化的藥叉，它們是住在樹上的生靈，具備神、鬼、人、動物及植物的各類形質或特徵，我只能說它們是森林中的鳥巢仙子。

歷來台灣人問我關於附生植物的問題，四、五十年了，還是房客對房東的關係（如前），何以如此？因為生態或生物學老師們都回答古老的，教科書上的「答案」：附生植物不會影響其所附生的樹木！這些回答者斬釘斷鐵地宣稱，事實上，絕大部分甚至百分百他們從來沒有仔細地觀察過，更不用說什麼研究。

我可以說，附生植物必然影響附主，但彼此的關係絕非教科書上所描述的：對附生植物有利；對附主無害。

房客跟房東的關係並非二元論的「利或害」的關係，而是極為複雜的共生演化大議題，以後有機會再藉題材發揮。

「不是我的錯！」

◉植物說話

人魔病毒橫行全球以來，許多城市、區域執行隔離，各地的幽默創意也傾巢相傳，從卡通可愛的，到古板神明的諷刺，琳瑯滿目，而我一樣寫著與植物的對話，所以朋友傳來一則：

「精神科醫師協會通知：

親愛的公民，如果被隔離，您開始和花樹聊天，這很正常，無需來電。只有在那花樹開始回答您的情況下，才有必要尋求專業協助。

您疲憊的精神科醫生。」

朋友還加了一句：「你適合參考。」

我看了，打算要說給植物朋友聽，看看它們會告訴我什麼？不同的專業也理應對話。

沿著68山路，在高架橋下看見幾株台灣肖楠、台灣楓香及相思樹的植樹及人工草皮後，陽坡馬拉巴栗的次生族群逐漸增多。道路右側下方，外來種苳葉攀纏在兩株檳榔樹上，間夾一株南台指標的次生樹種蟲屎，似乎代表台灣西南平原物種，東進內山的最前哨，或說氣候暖化以來，西南半壁帶有半沙漠氣候的物種，近年來才北進東升，來到了68山路。

我想不出任何理由人們會種植蟲屎。

我們依序經過綠竹園、雜林等，我記錄著茄苳、龍眼、九芎、龍柏、台灣櫸木、第二片酒瓶蘭園、月橘、馬拉巴栗次生林、榔榆、檳榔、野莧、台灣肖楠（或者中國翠柏）、相思樹……香蕉園。

就在一大片香蕉園下段，乾旱立地中，出現密密麻麻的小花寬葉馬偕花。

◉千錯萬錯不是我的錯！

小花寬葉馬偕花是一、二十年來的外來入侵種，以不到二十年的時程，遍布全國中、低海拔地區，而它的屬名的中文俗名叫做「十萬錯屬」（*Asystasia*），拉丁文的原意帶有「不按牌理出牌」、「不一致」的意味，原本的命名者是基於它的花部型態給

人困惑，所以取下這樣的學名，譯成中文時，加重了強調，於是就出現了「十萬錯屬」，所以這一屬的所有植物，當然都可以冠以「十萬錯」之小名。

我在拍它照時，它就跟我說：

「不是我愛強佔你們的土地，我也不想欺凌其他的物種，是因為你們不斷下重肥、施灑化學藥劑，導致土壤劣化、酸化，迫令太多原本的物種生病、體弱，而我們族群初來貴地，一開始過著大富大貴的生活，承蒙台灣人百般呵護。哪知道你們喜新厭舊，短短好日子之後，我們就被掃地出門，流落街頭垃圾堆旁。許多我們的同胞埋冤異域，幸虧少數先人吃苦耐勞、

耐旱抗毒，而且大量生殖，賦予我們接上台灣的地氣，趁著這樣的氛圍，我們才可能在你們糟蹋過後的荒地，取得綠卡……」

我說：「那我之前說你們是異形，你們讓台灣生界異化，是我誣賴了你們？」

小花十萬錯：「沒錯！你先考量一下時間順序與因果邏輯。是你們到國外百般遴選，派出大花轎把我們的先人迎娶入門，然後遺棄我們時，你們大概認定我們準死無疑，或說你們本來就不在乎我們的死活。而長年來，你們一直強取豪奪你們的土地，用盡種種殘酷的手段，壓榨、虐殺土地的生靈，導致土地垂死，清空原生植物基因庫，而我們的先人歷經九死一生，好不容易才拉拔我們這些適應惡地的族群存活下來，替你們在不毛惡地，撐起護土的責任分擔。是你們先造成土地的異化，而後有我們的迴饋，以德報怨……」

在此敦請假精神醫學協會出面評鑑，是台灣人有問題，還是入侵植物犯了精神異常？

台灣人數十年來視本土物種為「雜木、雜草」，去之而後快，每年成千上萬引進外來物種，且一波換過一波。種了樹又每年數度強加截肢斷根，或是偷偷謀殺；每年編列預算，表面上清除外來入侵物種，實質上增加演化壓力，逼迫外來種縮短生幅、調整生活型，加速世代突變，培訓外來戰鬥的能力，於是最近十五年來，外來種的馴化與入侵速率暴增，實在是導因於「台灣人十萬錯」啊！

不只山坡地小花十萬錯的猖獗，68山路的路面間隙，一樣見有它們的足跡，更且體型甚至可縮小至六、七公分以下即行開花結實。

小花十萬錯的抗告辭，小花蔓澤蘭說過十萬次、大花咸豐草說過十萬次、馬拉巴栗正要說，而銀合歡早已懶得說話了。

世界盡頭之外

◉雨林印象

68山路是小徑，許多路段不好錯車，而且全線多處於彎彎曲曲的地況原貌，看得出來原先路線的選取及闢建，大抵是人力時代的產物。然而，它較忠於山的容貌，自然，原本是大小曲線的纏綿。

彎曲凹凸之間，反應的是突稜與排水山溝。

常常就在內凹處，路面會多出一些緩衝空間，這是水文爭取出來的權益，連帶地也給予溪溝型植物些許特權，好讓溪澗植群向上爬山出頭的機會。

就在一處大彎空闊處，也就是溪（山）溝稍具規模的路面下，典型亞熱帶雨林的一角，突出在那兒。

也許只是我熱望原始林相，以致於那二、三棵樹搶眼。

一株大葉楠大樹淩空突起；樹下近路面下方，一株幹花榕努力成長中；下側一株典型的溪溝、溪谷型的小喬木水同木，合組三人樂園，吟唱著〈思想起〉、〈竹枝辭〉，旁側，麻竹叢鎮守。

我想著脫離視線的下方，理應存在黃杞、山菜豆、樹杞、水冬哥等等群組；一旦林相稍具規模，台灣山蘇花、山蘇花、垂葉書帶蕨等等附生植物，也會張燈結彩、迤邐迎賓。

將近半個世紀了，我的孺慕與憧憬，渴望闖進一片台灣低山的原始雨林，身歷十八世紀暨之前，台灣真正的況味，那個被華人形容為瘴癘之地、鬼魅魍魎的華藏世界。一九七〇年代末、一九八〇年代初，我有幸參與台灣第一座國家公園的資源調查及規劃，也直接在剛開張的墾丁國家公園管理處任職，我深入恆春半島原始的莽林，進行有史以來最翔實的每株植物全面調查，我把整座原始林搬回研究斗室，同它悱惻纏綿、傾訴衷曲；我也曾經兩度搭乘直升機，從空中俯瞰梭巡，泰山的國度、失落的地平線或天際線，更不用說四十餘年的山林苦行。

然而，這些林相都不是台灣亞熱帶雨林的真面目，我始終還在夢境徘徊低吟。一百多年前而已，西方人搖著獨木舟，從打狗港上溯溪流而畫出的一張工筆圖畫，溪畔石

塊上，盤據的大樹可能是白榕，因為畫家畫出了氣根、支柱根，而樹上多附生植物，林下或以山棕為優勢。

是的，我是有能力勾勒或建構詳實的亞熱帶雨林「原貌」，合理而且也有憑有據，無論如何，我就是沒讓夢境成真，它就永遠懸掛在世界盡頭之外。

● 未眠的自然史何謂歷史？

記得一八六四年美金兩分的硬幣上首度出現：「IN GOD WE TRUST」，代不代表「在神的國度，我們永遠順服」？見證二〇一〇年六月二十八日白宮前，群眾抗議種族大屠殺，算不算聲援正義？我知道清帝國時代，台灣人用來榨甘蔗汁製糖的雙輪巨石磨如何操作，那又怎樣？我可以如數家珍解說阿里山檜木頭的「永結同心」於二〇一五年八月底斷裂；南橫埡口山莊於二〇一六年拆除；二〇一七年六月三十日晚上，新中橫的夫妻樹倒塌一半，叫不叫歷史？

而我在直升機上搜尋自然林不果，橫飛的清淚，只是廉價無謂；我台灣亞熱帶雨林夢土的囈語，不是自然史？我確知在我數十年山林足跡中，台灣才出現「自然史」這名詞，而我的愛戀只是幻象的泡沫也不存在？

每次我經過68山路這彎大葉楠、幹花榕、水同木，次次都是清明非節；次次我都在掃著自己的墳墓?!

我的一生只經歷了清晨枝葉先端的露珠漸漸枯竭，如今樹葉上只有灰塵。

水沖腳

◉清濁二元

我在二〇二〇年元月二十日首度前來「玉門關」短暫賞景，大致冥思了它的三世因果，之與上游曾經的，史前的堰塞湖，乃至將來，現今正在施工的人為工程的危機。元月二十日尚未動工，因此溪水天然、小景精緻、水石對話、山明水秀。我隨手留下幾幅地文錦繡。

二度前來，是帶著朋友賞景。由於上游已經施工，溪水汙泥翻騰，黃濁不堪，自然沉默無語。

三月十一日，我們在樣區調查完成後，跨橋由對岸山徑，循著麻竹路摸索了一段時程，還是從陡峭石壁下降，直逼溪谷，再循溪流道道疊石，由前人綁繫的繩梯，下探多層水瀑。

「玉門關」這地名當然是「反共文學」的產物，依據在地人陳紹章先生的敘述：

「……據說有一位隨中央政府來台的長者，一日到現今的玉門關旅遊，發現其景致有如故鄉『玉門關』附近的風景，因而於巨石題『玉門關』三字，以慰思念故鄉之情。後由鎮長馬文君落款。」

在此，我不想質疑，不過，顯然是有矛盾或牽強。我毋寧喜歡在地人的原名：「水漒下」！這是陳紹章先生的書寫。如果我寫，我會使用「水沖腳」，我猜陳先生是取「漒」的音「ㄑㄧㄤˇ」，作為台語「沖」的諧音或同音字借用。台灣話的「水沖」（tsuí-tshiâng）或「水沖泚」（tsuí-tshiâng-tshé）就是北京話的「瀑布」。

台語「沖」意即沖洗、沖刷，音「ㄑㄧㄤˇ」，所以「沖沖滾」以水柱沖刷、水花激盪四射，比喻很熱鬧、喧騰、沸騰狀。其音本身就深富動感。

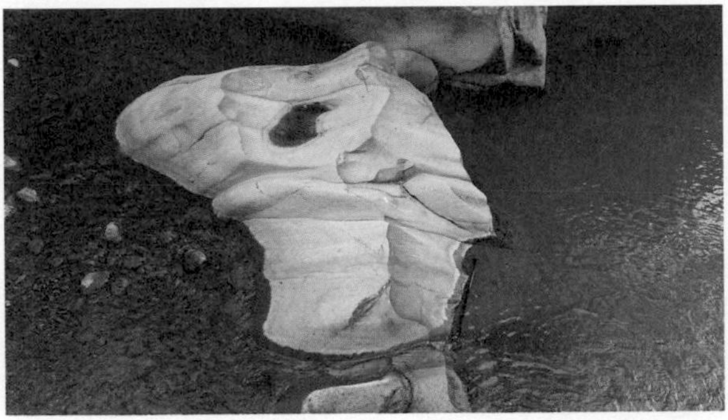

◉水沖腳的景致

楊國禎教授年輕力壯，本來就是山林強人，由他打頭陣，我尾隨。

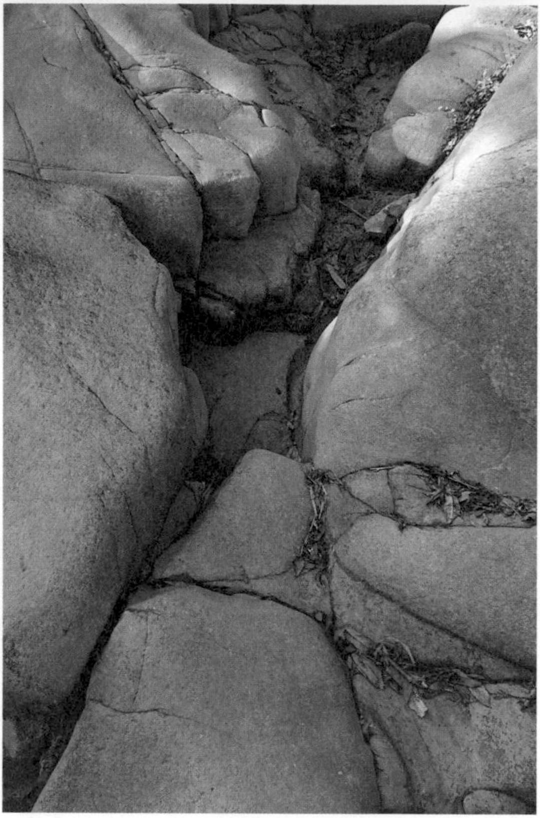

我們循著水流的足跡，平流是漫步；水沖是攀岩。有時，我只是一步岩階，得花溪水走了萬年。我走在光滑大地、頂級結實的肌理上，揣摩石與水幾萬年的愛情，它們不捨晝夜的耳鬢廝磨，蜿蜒交媾，恆不止息，而流水淙淙吟唱，在我足下。我跨越的，是流水移情別戀後，憨厚石伯敞開的胸膛。我不確定它是否依然眷戀，或是還在等待，畢竟洪峯季節，它滿懷希望。

現今所謂的「玉門關」的確是道峽谷天門，可是它只是溪水切開現今山稜凹鞍時，

碰到頑抗的釘子戶，以致於舂粿坑溪一路流下寬闊之際，在此遇到瓶頸。我先前推測，此地是古堰塞湖的潰決口，也許曾經石頭兵的千軍萬馬在此貫入，衝出一線出口，然後，就靠著大、小溪水永恆的折磨，好不容易，以天悠地久的毅力，情愛折騰至今。要體會、感受這個愛情故事，至少得由此門戶沿溪下走三、四百公尺，細覽石谷幽微，才能感同身受。

我沒仔細計算到底溪水跌宕下沖了幾回，事實上也很難算，因為上下落差幾公分或幾公尺才算「瀑布」？台語的「水沖」毋寧才精準到位，溪水依各不

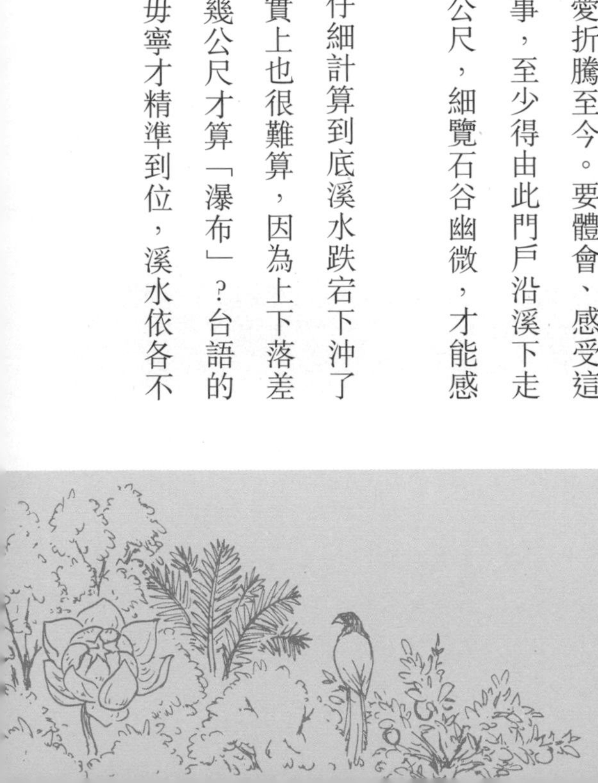

等高度的「石階」，發生多次「水沖」。顯然的，溪水在長年來，是沿著開裂的節理不斷下切的。

楊與我上下了幾層也不記得，落差稍大的，或是需要藉助繩梯的，約莫六、七次呢？

◉石水戀本事

嚴謹的峽谷地形變遷或演義，留給地理、地體專家去詮釋，我只寫小小說加劇照。

從玉門關（水沖腳）沿溪下走，溪水在較平坦的岩盤流走，由於砂、頁岩層或砂岩層而已，是稍傾斜地，由右下向左上抬舉，水流沿著傾斜的砂岩層刮流，逐漸侵蝕。

水面上的高位岩層，相互平行堆疊的岩層之間，顯然是更早久遠年代水流邊緣滲切進去的結果，只是向下切割比向側侵蝕的力道大多了，而溪畔旁側的岩層間隙，如同被鋼刷刷牙過。

有些段落，從溪流兩岸的岩層，傾斜角度幾乎一模一樣，並沒有同一岩層發生上下位移、錯動，但並不能因為這樣，就說它不是斷層吧？

有些段落，溪兩側的岩層如同被兩手折斷的餅乾。

在沒有明顯斷層的岩層上，水流沿著縱向節理或破裂面下切，如果同時在兩條節理下切，中間的岩塊就如同被切成的豆腐塊，然後慢慢被水流啃食。

也有些地方，溪水很明顯地，沿著節理流動、切割，重力加上裂縫，是水切的途徑。

在此，作個小結尾：

春粿坑溪從玉門關門開始，進入山稜堅硬的砂岩層，但是，在更遠古的年代，目前所見的岩層尚未出露，而是較脆弱的土石堆聚的排水管道。有次，上游大崩塌、淤積成堰塞湖，且在一次大潰決中，將玉門關口處，向下打出了通道。自此，溪水不斷侵蝕切割。而此地堅硬的砂岩層，在地殼運動時，並未形成顯著的斷層，只在局部地段有著明顯的斷裂，水流就是順沿著此一斷裂面，以及諸多裂開的節理緩慢下切，再經數不清的洪峯夾帶土石不斷滾磨，依據不同節理面切割加劇、磨損、沖失，形成大小不同的石階或水瀑，也在不同段落造成不同寬度的侵蝕溝，而大小常在此段落交互出現。從小到大，顯示蓄勢到奔放；從大到小，象徵從舒緩到堅持的緊張，整條春粿坑溪就屬這段，最具地景的生死拉鋸、愛恨情仇，留下地文最是掙扎與矛盾的故事。剛柔、上下、動靜，除非萬有引力、地球重力忽然消失，否則這場永遠的纏綿恆是輪迴，

我只是多了一絲不必要的擔憂：「水沖腳」上方恐怖的「人造工程」；我也知道，稍稍拉寬尺度，自然必然會找出自己的道路。

樹的感覺

◉台灣低海拔落葉林的精義

西元二十二至三十七年間，漢光武帝在建立東漢帝國期間，戰功最了不起的，後世為其立傳的，所謂雲台二十八將。其中一位功勞最大的叫馮異，他為人謙虛，生性不喜歡爭功諉過，每當打勝仗之後，大家在爭論誰的功勞最大的場合，他便悄悄地走去大樹下，坐靠在樹幹看天邊。這樣的情況多了，大家就叫他為「大樹將軍」。

馮異打戰時身先士卒、衝鋒陷陣，大小傷口不斷。有天，他死了，他經常去樹下的那棵大樹，所有的樹葉一夕之間掉光，於是史家為他留下了八個字：「將軍一去，大樹飄零！」

我在大一時，中通老師語帶感情地說了這個故事。

我們這一代人，年輕時被灌輸了很多中國式的瀟灑浪漫，加上我唸了托爾斯泰、杜斯妥也夫斯基、海明威、卡繆……等等，他們描述西伯利亞大草原，我腦海便升起廣

漠草原地景或白雪皚皚；他們敘述黑死病屠城，我腦海中浮現彷如武肺在全球最淒慘的畫面，因而「將軍一去，大樹飄零」頓時把樹木的性靈或意識呈現出哀傷美麗的畫面，永遠烙印。

我那時候不瞭解溫帶落葉樹種，在強烈寒流的洗禮之下，是可能「一夕」落光樹葉的，也不會去考據，馮異是否在冬季逝世的，只是陶醉在悲劇的美感之中。

這是人的移情作用，文學的感染效應，不是樹木的情感。樹有「情感」嗎？人家說：故鄉的樹木記得你，這是一種不是真、假值的真或假，而一半是人的意識投射。（台灣低海拔的落葉林解說輯）

◉天文、地文、生文與人文

大學四年，我從植物採鑑、社會調查、歷來研究報告文獻的收集與研讀，漸漸釐清自己的志趣，然而，真實影響我的，是無法說明或明說的，就像佛教界唯識等，把人的意識劃分為八或九識，眼、耳、鼻、舌、身、意（志）或思維的第六識、第七識（或潛意識），到第八的阿賴耶識，或意識到能意識的那個主體（純意識）本身，然而，是因為我們現在溝通的工具及思維、心念、知識、經驗等等，是在第六識的範圍，而第七、八識（靈魂、純意識本身）是無法使用第六識去明確說明及理解的，為了可溝通，所以才權宜地劃分為八識，事實上根本無分，所有人為劃分的什麼識，其實都是一體、本一的。

我第一次調查玉山之後，接著首度調查中央山脈秀姑巒山區時，從中央金礦到白洋金礦途中，處在台灣二葉松疏林及滿山遍野的紅毛杜鵑盛花之間，我腦海中萬花的視覺連結到聽覺記憶庫，浮現出熱門搖滾；山徑一轉鐵杉幽林、深澗，又轉為古典如歌的行板，我了悟五識是迅速轉換、互為聯動的。

不只感官識覺交互快速聯動一體，經驗知識記憶海、思維、意識通通瞬息流轉，只因我們要轉換為語言、文字時，必須聚焦，以致於習慣性

地將意識現象，狹限在特定的視覺、聽覺、味覺、嗅覺、受覺或思考等。

我們在起心動念、思考時，雖然聚焦在特定的範圍或對象，事實上也是全意識聯動、整體在運作。但是，我們在思考中不僅不會注意到極其錯綜複雜的心識漂流，反而排斥那些內在的「騷動」，甚至斥之為反理性之類的。所以，專注深思是種美妙的單純，也放棄了無限的可能，除非思想沒被自我綁架。

「自我」不是「我」，只是「我」在生長、生活中，經驗、學習而來的知識或資訊、記憶的總和，隨時都在改變。「自我」放下時，那個「我」才會出現，那個「我」才能感覺樹木的感覺、感覺可以感覺的我。

然而，由學習而來的抽象經驗資訊，有時卻是刺激、啟發原「我」的媒介，即使在理性的範圍很難掌握。

在我搜集任何關於台灣植物或生態的文獻過程中，有天我影印了松田英二在一九一七年十二月發表的一篇短文〈追思相馬先生〉，悼念在採集回來後，以三十六歲英年逝世的相馬禎三郎。

我先前已經轉述了二、三次，我還是要再敘述一次。松田英二寫道：

「……自然的研究當然是一項高潔的志業，我以為世界上沒什麼（比它）更重要的事了。然而，當我目睹『死亡』這個大事實的時候，我似乎被引領著，要去尋求自然研究之上的某種東西啊！

我想五感（官）的研究之外，更需要第六感的探究。西洋有：『Be right with God and all will be right』的諺語；所謂自然的研究，不是多數人所認為的，樹木與花草的研究；不是石頭與土壤的研究；也不是蟒蛇與蚱蜢的研究，而是透過這些，去敬拜背後的造物主或對神的虔敬。

有人問我採集植物的目的，我以為是這樣的：

進入山林的目的只有一個，

想要看聖父的奇異的事業！（註：原文以日本短歌文體寫的。）

我的目的在此。

說採集、研究，只不過是為了觀察更深奧的，廟堂宮殿之上的『某種東西』的程序而已！

（不是給別人看的，而是為了將來的回憶而書寫。）」

松田英二（Matsuda Eizi；1894-1978年）是長崎人，二十來歲來到台灣，曾任職於總督府殖產局植物調查課、高雄州屏東尋常高等小學校教諭；寫下這篇悼文時，他才二十三歲！

一九二二年，他二十八歲時舉家移民墨西哥開農場，同時研究動植物；一九五一年，他五十七歲時任職墨西哥國立自治大學教授（National Autonomous University），一九六〇年，東京大學授予名譽博士。

一九五六年，一種墨西哥特產種的仙人掌，以他的姓氏命名為種小名；菊科有一個新成立的屬，以他的姓命名「松田菊屬」（*Matudina*）；還有，有兩種青蛙也是以他為名……

他在台灣的時間不長，松田女貞、松田冬青、松田莢迷以他為名，寒莓（*Rubus pseudo-buergeri*）的模式標本，是他在一九一八年七月二十七日，於拉拉山所採集，如今存放在台大原植物系標本館中。

雖然我尚未去搜尋他晚年的作品，但我很想看看他一輩子戮力自然的調查研究之後，回頭看他這篇悼念文時，「聖父奇異的事業」究竟開啟了他心靈何等的向度、深度與靈悟？

我約在二十四歲時，看到松田前輩二十三歲的感受很是激動。我在高中時代極為醉心於哲學的理想與浪漫。然而，我在台大植物系、所，耳濡目染的價值系統中，愈是所謂的典範、表率或是被承認是「大牌教授」的，似乎愈是唯物科學主義者，加上自己本來在高中時代即被中國霸道唯心唯我主義「嚇」到，才會轉向自然科學的，況且台灣人裸真禪的性格，教我識破「中國來台虛假」的一面，所以我從大四開始，自行以台灣自然為師，跑去台灣最複雜的原始森林區，恆春半島南仁山，從山頂殺到溪谷，一草一木測量出平面分布圖，並測度繁雜的各項徵值（parameters）。

那個年代，我每次到野外調查，就是跟真理之神把臂而行，真理之神就是我的拜把兄弟。我的情懷，如同松田氏在說的：「高尚的志業」，而且，是唯物論客觀實物的驗證。

就這樣，從一九七七年到二〇〇七年，三十年期間，調查、消化台灣歷來幾盡所有植群的報告，一九九四年正式開撰，一九九五年出版第一冊《台灣自然史．台灣植被誌（第一卷）：總論及植被帶概論》，二〇〇七年為止，共計寫成十五冊（註：兩冊未出版），二〇〇七至二〇一九年再增補「生態綠化」及綠島等四冊，總共十九大冊。

然而，除了第一冊被《聯合報》選為一九九五年「十大好書」之一以外，四十四個年頭，我最主要的十九冊自然史系列似乎像是從人間蒸發了，一般認識我的，反而是其他七十餘本為環境運動打仗的、教育的、宗教的、自然文學或其他雜文當中，少數的幾本。（山林生涯路幻燈輯）

●樹的感覺

我始終將自己立志在一個學習上帝志業的研究者，我投入種種弱勢運動、環境運動、生態教育的流程中，台灣生界是我的後花園、靈糧堂，自然的啟發，隨時隨地逢機迸發，而心智、性靈是沒有年齡的，生、死也不是端點，一個接著一個山林生靈的史詩、故事，都不是給人答案，而是新生的重新出發，我的老話：再老的樹幹，長出的還是嫩枝新葉鮮花，永遠天真，如天之真！

從幼小接受台灣禪宗隱性文化的薰習，到日本、德國科學文化的自我教育，乃至直接投入台灣最真實的，二百五十萬年大化天演道場的教化，我在山林中的驚喜無窮，也不斷地分享給有緣的人。因為我從感官識覺，經思想意志，到主體意識的示現渾然一體（註：我從沒有結合什麼人文與科學、理性與感性、左腦與右腦，或所謂二元論的分別識，我沒有結合，我只是沒有分割而已！）。現今大家好像分不清、搞不懂「主體」跟「自我」是徹底的兩回事。

主體，簡單地說，就是靈魂、能意識到所有意識的純意識本身；「自我」是意識或主體示現、呈現、作用下的，隨時都在變化的經驗、記憶、知識、資訊海。再說一次，放掉「自我」的綁架，讓主體同萬物、萬象對話、聯結。

一九九〇年代，我帶人到阿里山進行山林解說，在經過一株空心的台灣紅檜時，我會請大家一一進入樹洞靜坐一下下；又，抱抱這株大樹，體會能夠聽到什麼？

當你願意抱著大樹時，你已經放掉了一大部分的自我障礙。你的皮膚接觸粗糙、冰冷的樹皮時，你可以想像你是樹上的一隻花豹，你可以任意馳騁心念，但只放鬆，然而，你也可以不思不想、不起心動念，進入單純專注。

這時，你的聽覺變得相對敏銳，你可以聽聞鳥叫蟲鳴、遠近諸多聲浪；如果你的心再靜注些，你會聽見微風吹拂枝葉聲，我曾經在不等風力、風向中，諦聽不同樹種的葉樂，最容易區辨者，針闊葉之別，事實上，每株樹各有其音階、調性，多樣非凡；如果你把耳朵壓貼在樹幹上，特定的壓力及角度，如同你枕肱側睡的偶然，或你捂壓耳孔，你立馬聽見自己的心跳、血液流經大大小小血管中的汪洋澎湃，而真正滿聽的，是數不清微血管的合奏；如果你冥想著你擁抱的樹，漸漸止息心念，彷彿入定的時分，你的血管同樹的維管束汁液的流動，彷彿對話彼此的心音而無彼此。

事實上你並不是只在聽取樹木的音聲，你的心肺正在快速繁忙地，同樹的皮孔、氣孔交換氣體元素；你的觸覺、嗅覺、視覺、心念的節拍、每一毛孔，都處於跟環境場域的氛圍交流，你在影響著場域，共

同的氛圍也在感染著你。

放下自然、自然放下，你不見得抱樹，你是隨順徜徉在無心無念時，數不清的綠精靈翱翔於自在天，你可以睡著，你可以淨空，不知所終之間，你「知道了」樹同你共同的「感覺」，無法「說」，說無法。

我所領略的，每株樹各有其不同場域的質感，種種味道超越想像。不必搜索你的經驗記憶海，而是接納全然新奇的新經驗。我不可能告訴你是什麼感覺，是你要去告訴你的樹。

我每次上阿里山，頻常會去看看一株老朋友長尾栲。我從它是小樹，看到它撐開了一座樹塔。有時我拍攝他的長尾尖，有時看看它的葉金背。我沒有任何一絲絲想要幹什麼、說什麼。你有如此的朋友嗎？

有次，我前往新竹鳥嘴山，我在一片台灣紅檜及闊葉樹的混生林中，恰好陽光斜射、雲霧瀰漫，一條條光霧柱的水精靈游走，我坐定，環顧一周。這株紅檜樹齡當一千五百年、那株五百歲、另株苗木正茁壯、有株枯立木正分解……密密麻麻的大小樹木，各自且聯結成連動的大場域，美得讓靈魂戰慄。我估算目力所及的大小樹木，它們的樹

齡總和超過一萬年，而萬年來這個場域從來沉默，那等美感和力道，只有沉默能解。

我在南一段狂風暴雨的噴射氣流中，體悟自己數十年穿梭數百萬年的大化天演，我明白了自己之所說。我了然台灣的脊稜為何呈現劇烈的鋸齒分布；我感悟山羊、黑熊在此天地家園的「心情」；我知道為何槍林彈雨火海中，生命鬥士唯一的心志就是往前衝，全然沒有生死……

有一回在新仙山頂冷杉林緣大雷雨的暗夜，每當一道閃電霹靂祭起，銀光撲射而來，每株冷杉筆直森列的黑影瞬間羅列，顯影在腦海心靈深處，美到神經錯亂、視覺永駐。

隔天我們冒著暴風雨，搶登東台首嶽新康山頂做調查。我永遠記得雙手抓傘，讓我在筆記本記錄樣區的助理拉．乎以，他割傷手指的鮮血，一滴滴，滴落在我的調查簿上。

調查結束下山，是夜整理樣區資料，我才明白新康山神為何三度阻止我登頂調查，事涉「東台首嶽」的令譽因我登頂而降格，它不是高山！它在演化史上已然脫離高山生態帶。

我從年輕進入到晚年，大大小小山頂的體悟，從鼻頭角山岬巔、南岬大尖石山山尖、北大武懸崖絕嶺、各大高山頂天書的展讀，樹木的感覺，如是況味。

我曾經在南仁山頂獨自一人放聲大哭，我歷經野牛陣的包圍、蛇族的威嚇、虎頭蜂的盤旋示警、數不清螞蝗的吸血……，首度登頂玉山，山神的考驗，乃至將近半個世紀兆億山林精靈的賜福，我知道我無能分享屬靈的境界，但我了悟，場域隨著我感染十方。

今年以來，我開始依著自身的體會感受，撰寫個別物種的介紹，且集中在台灣當今的景觀樹種，我的重點迴異於歷來的植物介紹，強調每物種的「質性」，也就是人與樹之間意識流動的映射，當然只限於個人一生跟植物之間的情誼與體悟。長年間，植物投射的場域、況味，乃至它們對人們身、心、靈的影響，大家都忽略最大部分的能量場，通常只看上它們的生殖器官，褻瀆了植物崇高、尊嚴、更龐大的能效。

事實上宇宙萬物皆存有不等程度的「意識」，目前為止，「意識」的開發以人類最為強烈，但人性仍然十分野蠻。意識的覺醒，便是各種宗教的終極目標，也是生靈的究竟。我久參自然禪。感恩樹木賜予我的法喜！

法本法無法，無法法亦法；今付無法時，法法何曾法?!

〈後註〉

敬愛的朋友們，如同你進入森林內，通常你只會隨意瀏覽「只是一堆樹啊、喬灌木啊，等等」，或是聚焦在幾處「大驚小怪」，而我想表述的，是透過多處片段，及片段的展延，帶給你全觀聯結的氛圍，你可以跳著看各篇，如同你聚焦在枝葉、在花瓣、在落果、在一小段樹幹上，提出驚訝、批判或反駁，或蕩漾品味，都ＯＫ，重點是全書看、全方位觀、有形無形賞、各種角度批，如同你在山林內，彷彿你在自然界賞析的自然，而不是人本、人文的「自然」。有了這樣的一絲絲況味，我就很自然的自然了。

Mt. Jade Main Peak

國家圖書館出版品預行編目 (CIP) 資料

山林書籤：一位生態學家的山居記事 / 陳玉峯作. -- 初版. --
臺北市：商周，城邦文化出版：家庭傳媒城邦分公司發行，
2021.01
面； 公分
ISBN 978-986-477-915-4(平裝)
863.55 109013070

山林書籤：一位生態學家的山居記事
作　　者／陳玉峯
責任編輯／程鳳儀
版　　權／黃淑敏、翁靜如
行銷業務／林秀津、王瑜
總 編 輯／程鳳儀
總 經 理／彭之琬
事業群總經理／黃淑貞
發 行 人／何飛鵬
法律顧問／元禾法律事務所 王子文律師
出　　版／商周出版
城邦文化事業股份有限公司
台北市中山區民生東路二段 141 號 9 樓
電話：(02) 2500-7008 傳真：(02) 2500-7759
E-mail：bwp.service@cite.com.tw
發　　行／英屬蓋曼群島商家庭傳媒股份有限公司城邦分公司
聯絡地址／台北市中山區民生東路二段 141 號 2 樓
書虫客服服務專線：(02) 25007718．(02) 25007719
24 小時傳真服務：(02) 25001990．(02) 25001991
服務時間：週一至週五 09:30-12:00．13:30-17:00
郵撥帳號：19863813 戶名：書虫股份有限公司
讀者服務信箱 E-mail：service@readingclub.com.tw
城邦讀書花園 www.cite.com.tw
香港發行所／城邦（香港）出版集團
香港灣仔駱克道 193 號東超商業中心 1 樓
電話：(852) 25086231 傳真：(852) 25789337
E-mail：hkcite@biznetvigator.com
馬新發行所／城邦（馬新）出版集團【Cite (M) Sdn. Bhd】
41, Jalan Radin Anum, Bandar Baru Sri Petaling, 57000 Kuala Lumpur, Malaysia.
電話：(603) 90578822 傳真：(603) 90576622
E-mail：cite@cite.com.my

封面設計／徐璽
電腦排版／徐璽設計工作室
印　　刷／韋懋實業有限公司
經 銷 商／聯合發行股份有限公司 電話：(02)2917-8022 傳真：(02)2911-0053
地址：新北市新店區寶橋路 235 巷 6 弄 6 號 2 樓

■ 2021 年 01 月 26 日初版　　Printed in Taiwan
定　　價／ 460 元

ISBN 978-986-477-915-4